まきこまれ料理番の異世界ごはん　2

登場人物紹介
ジークフリード・オーギュスト
第三騎士団の団長。凛の護衛役。爽やか苦労人。
ハロルド・ヒューイット
食堂の店長。様々な魔法を使いこなす。基本自由人。
鏑木 凛（かぶらぎ りん）
聖女召喚にまきこまれた主人公。食堂で料理番をはじめた。とても真面目な性格で前向き。

ヤン
第三騎士団の団員。庶民の出身。単純馬鹿。
アラン
第三騎士団の団員。貴族の出身。ツンデレ。
マルコシアス
食堂の店員。高位の魔族。本来の姿は巨大な黒い狼。
ノエル・クリーヴランド
第三騎士団の副団長。庶民の出身。しっかり者だが結構したたか。
ライフォード・オーギュスト
第一騎士団の団長。梓の護衛役。ジークフリードの兄。

目次

プロローグ

トレイの上にのったお皿の上から、温かな湯気が立ち上る。

一つはトマトの酸味とベーコンの旨味がぎゅっと詰まったミネストローネ。もう一つは卵とチーズのコクが美味《おい》しいとろとろソースのカルボナーラだ。

私は二人分の料理をテーブルに運ぶと、「お待たせしました」と言って微笑んだ。

「マリーちゃんはスープセット、ピーター君は本日の料理番気まぐれパスタ、よね？　いつもありがとう」

ここはレストランテ・ハロルド。

ランバルト王国という国の城下に存在する、小さな食堂だ。

常連客であるマリーちゃんと、彼女の幼馴染であるピーター君は、私の運んできた料理を見て嬉しそうに破顔した。そして二人とも「ありがとうございます」とお礼を述べてから、我先にと料理に手を伸ばす。

「んー、ここでご飯を食べると、今日も一日頑張ったって気がするよなぁ！」

「ちょっとピーター。美味しいからってがっつき過ぎないでよ。私まで品位を疑われちゃうじゃない。ねぇ、リンさん！」

私の名前を呼んで、必死に賛同を得ようとするマリーちゃんの姿に、つい笑みが零れてしまう。

二人の微笑ましいやり取りも理由の一つだが、品位だなんだと口にするマリーちゃんの手には、しっかりとスプーンが握られており、絶対に離そうとしなかったからだ。

もう、可愛いなぁ。

「お前も人のこと言えるのか？」

「うぅ、だってぇ」

ぷくっと頬を膨らますマリーちゃん。

少女特有のあどけなさを含んだ表情が愛らしい。

彼女はピーター君に向かってちょろちょろと文句を述べた後、スープを一口、口に含んだ。すると、拗《す》ねたような表情から一転、口角が上がり、とろりと蕩《とろ》けた表情を見せる。

美味しいものを食べると、些細《ささい》な事はどうでもよくなるもの。

どうやら二人にとってこの話題はそれで終了したらしい、後はもくもくと目の前の料理に夢中になっている。

「それじゃあ、ごゆっくり」

私は軽く会釈《えしゃく》をして彼女たちの卓から離れる。

「今日は彼らで最後かな。お疲れ、リン」

黄金色の瞳がいたずらっぽく細まり、新緑色の髪が柔らかそうにふわりと揺れた。

カウンター席に座って肘をついている男性――ハロルド・ヒューイット。

彼こそがこの店の店長だ。といっても基本、仕事はこっちに丸投げされているので、彼自身は店の置物になっている事の方が多い。

困った時は本当に頼りになるんだけどね。

興味のある事にしか本気を出してくれないのが玉に瑕《きず》だ。

ちなみに、ハロルドさんの隣でこれまたぐだっと机に突っ伏している端整な顔立ちの男性はマルコシアス君。通称マル君。私を除くと唯一の従業員である。

短い黒髪に神秘的な赤い瞳はまるで作り物のようで、たまにゾクリと寒気がするほどだ。人間ではなく魔族らしいので、その影響かもしれない。

本当に変わり者揃いだわ、この店は。

もっとも、私自身人の事は言えないのだけれど。

私はこの国が行った聖女を召喚するという儀式に運悪く——いえ、ある意味運よくかもしれないけれど、ともかく——なぜか巻き込まれ、紆余曲折《うよきょくせつ》あってこの店に厄介《やっかい》になっている。

最初、聖女と関係のないお前は必要ない、とこの国の王子に城を追い出された時はどうなるかと思ったけれど、なんとかやれているのは周囲に優しい人が多かったからだ。特に第三騎士団団長のジークフリードさんがいなければ、本当にどうなっていた事か。

私にとって命の恩人。いえ、それ以上の人かもしれない。

ちらりと入口の方を見る。

すると、すかさずハロルドさんがにやにやとした顔でツッコんできた。

「今日はジークが来なくて残念だったねぇ」

「なっ、なに言っているんですか。ジークフリードさんがお忙しいのは知っていますし、毎日なんて来られないでしょう。普通に考えて！」

「そう？　出来るなら毎日でも来たそうだけど。ジークは僕と一緒であんまり味なんて気にしないタイプだと思ってたのにさぁ。君の料理を食べたら面白いくらいに夢中になったしね。まぁ、それだけじゃないかもだけど？」

マル君が「俺には考えられないな」と眉を寄せる。

「僕だって、もう前のようには戻れないよ」

苦笑を湛《たた》えた表情で、ペチンとマル君の額を指ではじくハロルドさん。マル君は一瞬だけむっとした表情をしたが、すぐさま仕方のない奴だと言わんばかりにため息をついた。

――そう。

悲しい事に、この世界の料理は味わうためのものではない。

全ての食材には効果というものが設定されており、それを上手《うま》くいかせる配分で料理に使用すると、体力が回復したり、不調が治ったりする。

いわば薬の劣化代用品。

代用品というのは、基本的に薬の方が効力があるからだ。ただし、とても高価。市民にとって気軽に手が出せる値段ではない。

だから、料理は市民にとって薬なのだ。

ゆえに身体にもたらす効果を重要視し、味を優先していない。

いや、味に何の意味もないのだ。

美味しくて効果のない薬か、不味《まず》いけど効果のある薬か。

そう問われれば、誰だって後者を選ぶ。

だって、薬とはそういうものだから。料理が薬の劣化代用品と認識されているのなら、味なんて気にしなくても、それは何の不思議もない。

ただ、それにも限度はあるらしいが。

胃が拒絶したら、効果も何もあったものではない。

この世界にとって料理人とは、ある程度口に入れられる範囲の味で、料理に効果を付与させられる存在だと認識されている。

でも、異世界からやってきた私にとって、それは馴染のない文化だった。

ご飯が美味しくないなんて考えられない。けれど、この世界にはこの世界のルールや培《つちか》ってきたものがあるのだから、簡単に否定なんてできない。

そこで私は、美味しいと効果の両方が盛り込まれた料理を人々に提供するため、このレストランテ・ハロルドで奮闘中なのだ。

成果は上々、だと思う。

それなのに、あまりうちの店が繁盛《はんじょう》していないのは、ひとえに店長であるハロルドさんのせいだ。効果を優先するあまり味覚度外視の料理を出し続けていたせいで、まず店に足を踏み入れてもらう事すら困難になっている。

一体どんな味の料理をお客さんに提供していたのか。

まぁ、ある程度想像は出来るのだけれど。

お客さん側の気持ちも分かる。

ええ、だってあれは足が遠のいてしまうわ、絶対に。今は違うと言われても、簡単には信じられないでしょう。うん。

凄くトラウマになる味だったもの。

「最近さぁ、休日でもご飯食べに行こうかなって気持ちになるんだ。この店限定だけど」

「ピーターってば、昔は私が誘っても「まだそんなに体力減ってないから」ってあんまりご飯食べに行かなかったのにね」

「いや、だってさぁ。体力残ってたら必要ないだろ、普通」

この国の人々——正確に言うと市民の人々は、例えば疲労が酷《ひど》い時や、軽い風邪を引いた時などに体力を回復する意味を込めて、食事処を利用する。

仕事をすると疲れて体力が減る。しかし休日や比較的のんびりできた日はそれほど体力が減らないので、家で作る料理での効果でまかなえる。

ピーター君の言葉はそういう常識の下、出てきた言葉だ。

料理を専門としている店は、やはり料理の効果に対する研究を怠《おこた》っていない。なので、一般家庭で作られるものよりも体力回復量が大きい。

あとちょっとだけ味も良い。

おかげで普通に食事処を利用する文化はあるらしく、城下の繁華街に存在する飲食店はそこそこ繁盛していた。

もちろん、皆の目的は仕事で減った体力を回復するためだ。

昼ならば午後の仕事を頑張るため。夜ならば明日働く準備のため――らしい。

「そりゃ体力回復効果もすごいんだけどさ。……そうじゃなくてさ」

「美味しくってついつい足が伸びちゃうよね！」

「うん」

「私としては、やっぱりこの特製ジュースが一番の目当てなんだけど！　これ作ってくれたリンさんには感謝感謝です！」

料理を運ぶ前、一足先にと出した特製ジュースがマリーちゃんのお気に入りらしい。イチゴを中心とした、さっぱりとした味わいが売りの飲み物。体力回復だけでなく日焼け防止効果もついているので、それが理由かな。

「ごちそうさまでした。それじゃあリンさん、店長さん、マル君さん！　また来ますね！」

「なぁ、マリー。いつも思うけどマル君さんって違くないか？」

「えー、許可貰ったよ？」

許可あげたんだ、マル君。

たまにマル君の許容範囲がよく分からなくなるわ。というか、むしろ下手《へた》な人間よりもずっと寛大なきがする。

「マルコシアスさん、魔女さん、店長さん、ありがとうございます。美味しかったです！」

「こちらこそ、いつもありがとう。でも魔女さんはそろそろ止めてくださぃ……！　私、普通の人間ですからね！　一般人ですからね！」

「あはは！　ごめんなさい、魔女さん！」

ってこら。直す気全くないなピーター君。

とある件で調整がかなり難しい食材を使ったため、噂に尾ひれがついて『食堂の魔女』と呼ばれるようになってしまった。

分量をミスした時に出る副作用がとてもキツイ食材で、安易に広めるわけにもいかない。だから私以外は使えない、と大見得《おおみえ》を切ってしまったのだけれど。

きっとそれも理由の一つよね。今さらだけど、反省だ。

しかも最近は、マル君が私の事を「ご主人様」と呼ぶせいで、『人間のペットを飼い出した』まで追加された。

なんなの、人間のペットって。むしろマル君の方が人間じゃないんですけど。さっさと廃《すた》れてくれないかな、この噂。というか廃れてくれるんだよね。人の噂も七十五日ですよね。

「んじゃ、また来ます！」

「ええ、お待ちしています」

元気よく手を振って店を出ていく二人を見送る。

また来ます、って言葉が嬉しいなぁ。彼らのようなお客さんが来てくれるだけで、本当に温かな気持ちになれる。

「なぁんかピーター君ってばマル君に懐いてない？　君、何かしたの？」

「特に何もしていないが……、強《し》いて言うなら、大人の色気がどうのとか言っていたぞ？」

「え、僕は？　僕の大人の色気は？　なぜ僕の方にはこないの？」

ねぇ、とマル君の肩をがっしり掴むハロルドさんだったが、一瞬でそっぽを向かれる。――となれば、次のターゲットは私だろう。

私は、ハロルドさんが私の名前を呼ぶ前に「あの、マル君！」とマル君に声をかける。

「ちょっと新商品考えてみたんですけど、もっといいアイデアが欲しくて。感想を聞かせてもらえますか？」

「オーケー。すぐにもってきてくれ」

マル君は私の提案に速攻で乗ってきてくれた。

残されたハロルドさんはというと――。

「誰か一人くらいフォロー入れてくれてもいいじゃん！　酷い！」

むくれていた。

多分、そういうところだと思いますよ。ピーター君が懐かない理由。

私とマル君は顔を見合わせると、二人して小さく笑った。

一章　食材採取と白の聖女

本日、レストランテ・ハロルドは定休日である。

一階にある食堂の窓からは太陽の光が差し込み、店内を明るく照らしてくれていた。

私は朝の清々しい空気を肺いっぱいに吸い込んで、厨房の方へと向かう。

普段はお客さん用に並べてあるテーブルたち。

一足先に来て待っていてくれたのだろうマル君は、真ん中のテーブルを選んで座っていた。足と腕を組んで椅子の背もたれに身体を預けているだけだというのに、とても絵になっている。

顔やスタイルが良いとは得なものだ。

「ふぁあああ、みんなはやいねぇ……おはよぉ……」

大欠伸《おおあくび》をこぼしたハロルドさんが、寝惚《ねぼ》け眼《まなこ》を擦りつつマル君の向かい側に座る。

ジークフリードさん程ではないにしても、朝に弱いハロルドさん。彼なりに急いでくれたのか、服はところどころ皺《しわ》が寄って、ボタンは一つ掛け違えている。

まったく、本当に仕方のない人だなぁ。

私は彼の服装の乱れを直そうと、足を一歩踏み出す。しかし、私よりも早くマル君が舌打ちをして立ち上がり、未だぼんやりしているハロルドさんの頭をぺしぺしと叩いた。

「いたい」

「いたい、じゃない。何だこのだらしのない格好は。もう少し見た目に気を遣え。休みの日だからとだらけるな。ほら、そこ。ボタンだボタン。掛け違えているぞ」

「んー？　あ、ほんとだ。もう、面倒くさいなぁ」

「あのな。それくらいできるだろう？　手伝わんぞ」

　お母さんか。

　――思わずツッコみたくなった。

　最近気付いたのだが、マル君ってばかなりの世話焼きお兄さんみたいだ。

　特にハロルドさんのようなだらしない人を見ると生来の性《さが》が疼《うず》くのか、放っておけなくて、ついつい口を出してしまうらしい。

　口調は厳しかったり、飄々《ひょうひょう》と摑みどころがなかったりするものの、今では完全にハロルドさんの世話役だ。少し笑ってしまいそうになる。

　私としては、すごく助かっているので有り難い限りなのだけれど。

「コホン。では、今日はこの間採ってきた食材を料理に活《い》かせないか、の実験をしようかと思います。感想とかお願いしますね。ハロルドさん、マル君」

　この間とは、マーナガルムの森で食材採取をした時の事である。

　ハロルドさんやジークフリードさんと一緒に出掛け、収穫はそれなりにあった。ただ、森の中で色々と事件が起こった上に、間を置かずしてその日の夕刻にマル君襲来。

おかげで、採ってきた食材をよくよく吟味《ぎんみ》する時間すら持てなかったのだ。

「んー。りょーかぁい」

「はぁ……いや、分かった。いくらでも持ってきてくれ」

二人から許可は貰った。

よし。それでは気を取り直して頑張りましょう。

「まずは私の一押し食材！　ライトフラワーです！」

ライトフラワー。

薄紫色をした小指の先くらいの小さな花の中に、ほんのりと光る球体が顔をのぞかせている。なんとも言えない可愛らしい花だ。

食べると誰でも周囲を照らす『ライト』という魔法が使える。

本来は観賞用らしいが、私が食べてみたところそういう効果があると判明した。

食材などを食べると、それが持つ効果や、どの程度料理に使えば活きるかのパーセンテージ、マイナス効果の有無などが分かる私特有の能力。

味を重要視しないこの世界でも、なんとかやっていけているのはこの能力のおかげだ。

「とりあえず腐らないよう、押し花みたいにして保存していたんですが」

私は二人のテーブルに紅茶の入ったコップを置いた。

中央にはライトフラワーがふわふわと漂っている。

花を見つけた時、最初に考えた案。魔法が使えるマジックティー。ちょっと安直すぎるかな、とは思ったんだけど。どうだろうか。

マル君の手がスッと伸び、カップを口に運ぶ。

微かに眉が動いた。

「味は普通の紅茶だな」

「おっとあからさまにテンションが下がりましたね。やっぱりそこ、ネックですよね。もっと別の方法で、このライトフラワーを活かせる料理を考えた方が良いのかな」

「少なくとも、味としての目新しさはないな」

痛いところをつかれてしまった。

さすがマル君。美味しさという点では、彼以上に信頼できる人物はいないだろう。

隣ではハロルドさんが「うん。そうかもぉ」とふにゃふにゃした口調で言っていた。まだ完全覚醒とはいかないらしい。

もう。しっかりしてください、店長。

私も試飲してみようとコップを手に取り、まずは鼻を近づける。

紅茶といったら香りも重要だものね。茶葉のほっと心が安らぐような香りに混ざって、ライトフラワーの杏《あんず》に似た甘い香りが鼻孔《びこう》をくすぐる。

私は香りを堪能《たんのう》した後、口を付けた。早摘みの茶葉を使用しているためか、サッパリとした飲み口で、爽《さわ》やかながらほどよい渋みが感じられる。

ライトフラワーは、ちょっと苦味があるかな。でもやっぱり普通の紅茶だ。マル君の言う通り、目新しさはない。

「とりあえず、効果実験だけはしておきましょうか。――ライト！」

呪文を唱えると同時に、私の手のひらから一円玉くらいの小さな球体が、ふわりと浮かび上がった。まるで蛍。柔らかく切なげな光が、ゆらゆらと空へ昇っていく。

周囲が暗ければ幻想的な光景が見られただろう。

少し残念だ。

「わー、ささやかな光だねぇ。質量なさすぎじゃない？　はいどーん！」

「ふむ。魔力を練《ね》って固形化するのか。はいどーん」

情緒もへったくれもない男二人組が、気の抜けた声と共にライトの魔法を使う。

魔力は物質化すると発光する。その原理を逆手にとって明かりにするのがライトという魔法の本質。

つまり、だ。

ハロルドさんの前には両手を使わないと運べない程の大きな光の玉が。マル君の前には――何をどう間違えたのかは分からないが――全てを吸い込むブラックホールのような真っ黒な球体が現れ、どすんと重たい音を立ててテーブルの上に転がった。

「これくらいないとね！」

「え。こんなに？　ちょっと大きくないです？」

「うん！　これはちょっとやりすぎちゃったかも」

てへ、と舌を出すハロルドさん。

いい年した大人がやる仕草じゃないです。

「ま、紅茶に使ったくらいの量じゃ、質量なさ過ぎて浮かんじゃうんだろうね。日常の明かりとして使うにしても、緊急時の明かりに使うにしても、ちょっと足りないかなぁ？　少なくとも、実用を目指すならあと十倍は必要じゃない？」

魔法の話となって急に頭が回り出したらしい。

さすがハロルドさんである。

彼は「まぁ、マル君のは論外だけど。ってかなにそれ。逆に光吸ってない？」とマル君が作り出した球を持ち上げ、興味深そうに眺めた。

「人間が使う魔法と魔族の使う魔法は、根本的に別物だからな」

「だろうねぇ。そもそも見た目を変える術からして違うようだし」

「魔族の場合、身体の構造そのものを別のものに変化させるようなものだからな。リンのような抗魔力の高い人間にも見破れんぞ？　ただ――」

マル君は緩慢な動作で自らの目尻に指を添える。

「目の色だけはどうにも無理でな。そこだけは認識阻害……というか、相手を惑わす術を使用している。人間でいう幻術に近いものかもしれん」

吸い込まれるような赤い瞳が私を捉えた。

ぞくり、と背筋が震える。

「ふぅん？　なるほど。これが大人の魅力的な？」

「お前。人の話は真面目《まじめ》に聞け」

ぺちんとハロルドさんの額を叩くマル君。

緊張の糸が一瞬にして解けた。

ふう、と一息つく。心臓に悪いってば。

それにしても大人の魅力、か。ハロルドさんってば意外と気にしていたのね。相手が悪すぎるから諦めた方が良いと思うけれど。

魔族の寿命は人間よりも遥かに長いらしい。

マル君相手じゃ、人間なんて皆子供みたいなものでしょう。

「って、私まで脱線しそうになってどうするのよ」

このままでは新作料理の研究が、魔族の魔法講座になってしまうかもしれない。

ハロルドさんは料理の効果も、自分の知らない魔法も、どちらも同じくらい興味・関心を持っている人だ。未知の事柄に貪欲《どんよく》ともいう。

まったく、本日の目的をすり替えないでほしいわ。

「はいはい、今日は料理の実験日ですからね！　お話は後でゆっくりお願いします！」

私の言葉に二人は大人しく「はーい」と頷いた。

「うーん。結局、メニューに出来るほどのものはなかった、か。……悔しいなぁ」

使い終わったお皿を洗いながら、独りごちる。

可能性を秘めているとすればライトフラワーなのだが、残念な事に今回の実験で食材採取に行った時の分は、全て使い切ってしまった。

私は顔を上げて窓を見る。

まだお昼前といったところか。

「よし！」

乾いた布を持ち、手慣れた手つきでお皿についた水滴を拭きとっていく。

ハロルドさんとマル君は、今回の実験結果を紙にまとめてくれているようで、二人して「この食材の問題点は」「料理に昇華するには……」「これは駄目だろ」「同感」などと言い合いながら、ペンを走らせている。

マル君がうちに来てから、こころなしかハロルドさんは楽しそうにしていると思う。それが微笑ましくて、私はくすりと笑った。

「今日の結果のまとめは、このままお二人にお願いして良いですよね？」

「もちろん。まっかせてよ！」

ハロルドさんが、くるくるとペンを回しながら答えてくれる。

「ありがとうございます。それじゃあ私は、ちょっと外に出ますね」

「うん？　何か用事？　まぁ、あまり遅くならないように」

「大丈夫ですよ。すぐ戻りますから。ちょっと花を摘みに行ってくるだけなので」

「花？　ってまさか」

勘の良い彼は既に私の目的に気付いたようだ。

食材がなくなったのなら、もう一度採りに行けば良い。幸いまだ日は高い、今からマーナガルムの森に行っても暗くなるまでには帰ってこられるだろう。

それに――。

「大丈夫ですよ。場所は覚えていますし、前回と違って私も魔法が使えます。サクッと行ってサクッと帰ってきますから」

前回までの私とは一味違うんです。

魔物に遭遇したら、雷魔法でパリッと痺れさせてしまえばいい。破壊力はないけれど、逃げるだけならば問題ないだろう。

ガッツポーズをしてみせれば、ハロルドさんは大きなため息を吐いて「マル君」と呼んだ。

「了解した」

「リン。あの森、今異変が起きているって前回ジークたちが言ってたでしょ？　一人は駄目。絶対にだーめ！　店長として許可できません！」

「ちょっとだけ。本当にちょっとだけですよ？」

「だめ」

寄り道もせず花だけを摘むといっても、ハロルドさんは決して首を縦には振らなかった。彼自身は午後から予定がある。だから迷惑をかけないように一人で、と思ったのだけど。

マル君にお願いしなくてはいけないくらい、今の森は危険なのかな。

別に急務ではないし、それならば別の日にでも——と、私が思っていたら、ぐいと襟首を摑まれた。振り向くと、いつの間に準備したのか、花を入れるための麻袋などを持ったマル君が、平然と立っている。

「準備は出来た。行くぞ」

「マル君は良いんですか？」

「ん？　ご主人様を守るのは配下の務めだろう？」

赤い目がゆるりと細まり、耳元で囁くように告げられた。

私は思わず飛び退き、両手を突き出してガードのポーズをとる。

配下とか主人様とか。飄々とした軽い口調で言ってくるものだから、からかわれているのだと想像はついた。でも、なんなの。ハロルドさんには通じないからって、私ばかり集中的に狙ってくるのはずるい。

反応してしまう私も悪いのだけど。

まぁ、文句を言わずついてきてくれるところは、優しいというか、世話焼きというか。

「人で遊ばないでください！　というか、外でご主人様は絶対に禁止ですからね！」

ただ付き添いはありがとうございます、とむすっとした表情で伝えれば、マル君は愉快そうにくつくつと笑った。

本当にタチが悪い魔族様だ。

＊　＊　＊　＊　＊　＊　＊

マーナガルムの森。

背の高い木々に囲まれた、日中でも薄暗い、監獄のような場所。

この間訪れたばかりなので、道順はバッチリ記憶している。私たちは特にトラブルもなく、目的地まで辿り着けた。

辺り一面が青白い輝きで埋め尽くされている、ライトフラワーの群生地。

薄ぼんやりと光る小さな花は、一本では風相手にすら拭き消えてしまいそうな儚《はかな》さだが、これほどの量が生えているとなると、まるでお伽噺《とぎばなし》の世界に迷い込んでしまったような気持ちになる。

光る絨毯《じゅうたん》。とても幻想的だ。

何度見てもうっとりとしてしまう。

「って、見惚《みほ》れている場合じゃなかった。お仕事お仕事！」

私はライトフラワーを摘み、持ってきた麻袋に詰めていく。

もちろん、数は控えめにしておくつもりだ。あまり摘み取りすぎては生態系を崩してしまうかもしれないし。なにより、これだけ美しい場所だ。人間の勝手で壊して良いものではない。

「よし、こんなものかな？」

「終わったか？　あまり長居はしない方が良いかもしれん。さっさと帰るぞ」

眉間に皺をよせ、注意深く周囲を見張っているマル君。そういえば、森に入った瞬間から妙に口数が減ったように思う。

私は特に問題を感じなかったけれど。

魔族であるマル君にしか気付けない、機微な何かがあったのだろうか。

森の闇にも紛れず煌々《こうこう》と輝く赤い瞳が、ゆるりと細まった。

「入り口で違和感を覚えなかったか？」

「違和感？　違和感……あ、そう言えば」

この森へ足を踏み入れた瞬間、確かに前回とは違い、少しだけチリっと焼けるような感覚があった事を思い出す。身体に違和感はなかったし、今の今まで気にも留めていなかったけれど。

まさか何かの罠、だったりするのかな。

マル君がいれば大抵の問題は解決できるかもしれないが、そもそも問題事など起きない方が絶対に良い。

「わかりました。それじゃあ――」

急ぎましょう。

そう続けようとした瞬間、近くからザワザワと草木の揺れる音が聞こえてきた。それはまるで掻き分けて進んでいるようで、だんだんとこちらに近づいてきている。

誰かいるのだろうか。

「リン、俺の後ろに下がっていろ」

「は、はい！」

ライトフラワーを詰め込んだ麻袋をぎゅっと胸に抱えて、マル君の後ろへ避難する。

いざという時は私も援護くらいはしよう。ハロルドさんに教えられて訓練はしたもの。それくらい、私にだってできる。

肩を強張らせながら後ろで待機していると、ふいに彼の腕が私の方に回された。

緊張が伝わってしまったのかもしれない。

ザワリ、とひときわ大きな音が聞こえる。かなり近い。もうすぐ姿が見えるだろう。

大丈夫。大丈夫。

私は大きく深呼吸をすると、前を見据えた。

「くるぞ」

マル君が低く吠える。

くるくると踊るように、茂みから炎の剣が飛び出してきた。それらは地面に突き刺さり、ぶわりとひときわ強く燃え盛る。主《あるじ》のために、道と光源を用意しているみたいだ。

私は一瞬で緊張の糸がほどけていくのを感じた。

だってあの剣、見た事がある。

あれは――。

「ジークフリードさん！」

彼の動きに合わせて、燃えるように赤い髪がふわりと舞う。

見知った騎士服。赤褐色の瞳が困惑に揺らいだ。

「リン⁉　な、なぜ君がここへ」

木々の隙間から現れたのは、まさかのジークフリードさんだった。

彼は私たちを交互に見やると、訝《いぶか》しげに眉間に皺を寄せる。

そして足早に私たちの傍までやってくると、驚くほど自然な動作で私とマル君との間に距離をつくり、空いた隙間に自分の身体をすべり込ませてきた。

「ハロルドはどうした？」

「今日は用事があるらしくて」

「なるほど。それで彼が代わりに？」

私は首を縦に振った。

マル君の第一印象は、ライバル店にいた怪しい男だ。そのため、私の護衛でもあるジークフリードさんにとっては不安視する存在なのだろう。

あと単純に、纏《まと》っている空気が常人とはかけ離れている点も挙げられる。

まだ彼が魔族だと打ち明けてはいないが、騎士であるジークフリードさんには何か感じるものがあるのかもしれない。

心配してもらえるのは嬉しいが、後でちゃんと誤解を解いておかなければ。

マル君は不快そうにふん、と鼻を鳴らした。

「君たちはあの結界を抜けてきたんだな？」

「結界？」

私の問いに、ジークフリードさんは「ああ」と頷いた。

「マーナガルムは星獣の中でもとりわけ温厚でな。彼の張った森全体を覆う結界に、今だけ入場者を制限する仕掛けを混ぜさせてもらっている」

「制限、ですか？」

「そうだ。ある程度の能力があるもの以外は弾く仕組みなのだが……」

ジークフリードさんはじ、と私の顔を覗き込むと「そうか」と一人で納得していた。結界に阻まれないくらいには力がある、という事なのだろうか。

だとしたらちょっと自信が湧いてきた。

「ところで、ジークフリードさんはなぜここに？」

「ああ。星獣の結界問題が思ったより深刻でな。少々予定が狂って、他の星獣のテリトリーにも騎士団を派遣する事になったんだ。基本、第一騎士団は動かせないが、この森ならば、とあいつがここを担当する事になったのだが――」

第一騎士団の団長はライフォードさん。

彼は黒の聖女である梓《あずさ》さんの護衛でもあるから、王都から出られない。そのため、彼の団は一番近いマーナガルムの森を担当。他の団がそれ以外を担当する事になったらしい。

そして現在、第一騎士団はこの森へ調査に訪れている。

「そこで俺は、第三騎士団として遠方へ調査に赴《おもむ》く前に、まずはマーナガルムの現状をしっかり把握しておこうと、単身第一騎士団に増援という形でついてきているんだ。まぁ、正確に言うと追加の護衛でもあるんだが……」

言葉を濁し始めるジークフリードさん。

追加の護衛という事は、護衛対象がこの森にやって来ているという事だ。もちろん、勝手に森へ入った私以外で。

つまり。

「なるほど、梓さんもいるんですね」

「ご明察。さすがだな」

ライフォードさんだけでも問題はないだろうが、念のためジークフリードさんもつけている、という事かな。

「って、いや、俺の話はどうだって良いんだ。君はなぜここに？」

「えっと、花を。ちょっと……摘みに……」

ジークフリードさんの迫力に押されて、声が尻すぼみになってしまう。

彼は私の抱えている麻袋を目に入れると、あからさまにため息をついた。うう、ごめんなさい。

まさかそこまで大事になっているとは思っていませんでした。

軽率に食材採取になんて来て、本当にすみません。反省しています。

「あの、ジークフリードさん。私……」

「君の無茶無謀は分かっているつもりだったが……まったく、これは想定外だ。調査は終盤に差し掛かっている。俺一人抜けても問題はなかろう」

ほら、と手を差し出される。

「結界の外まで送るよ。俺は、君の護衛なのだから」

呆れながらも優しげな声色。

私は「すみません」と謝ってから、彼の手を取った。

「いや、謝るのはこちらの方だ。あまり護衛らしいことが出来なくてすまない。本当なら、ずっと君の傍で君を守れたらいいんだが」

「い、いいえ、私よりお仕事の方を……！」

「俺が傍にいては嫌か？」

「そんなわけありません！　大歓迎ですとも！　……あ、えっと、いいえ、なんかちょっと今のは言葉がおかしいかもしれませんが、嫌ではないです絶対に！」

「ははっ、そうか。それは嬉しいな」

ずっと君の傍で君を守る――なんて言葉を他意なく言ってのけるなんて、この無自覚ドンファンめ。仕事熱心な彼の事だ。護衛としてしっかりしたいという意味なのは分かっているが、勘違いしてしまいそうになる。

本当、心臓に悪い。

ちなみにマル君は「リンの守《もり》くらい俺一人でも問題ないのだが……って聞いちゃいないな、こいつら」と呟いた後、盛大なため息を零していた。

＊＊＊＊＊＊＊

私たちが第一騎士団と合流した時、彼らは大型の魔物と対峙《たいじ》している最中だった。

最前線には、長い黒髪をなびかせながら、拳を手のひらに打ち付けている梓さんの姿が見える。

パァン、と乾いた音が響くと同時に、王子様のような金髪碧眼《へきがん》の美形——ライフォードさんが
「今回は下がっていてください、聖女様！」と声を張り上げていた。

しかし、梓さんの耳には届いていない。

彼女はまるで獲物を見つけた鷹のように、キラキラと瞳を輝かせている。とても楽しそうだ。反対に、ライフォードさんの表情は陰りが差している。

なんというか、お疲れ様です。

「君も君だが聖女も……」

言いかけて、ジークフリードさんは私にここでじっとしているよう指示を出した。私は首を縦に振って「気にせず行ってください！」と彼を送り出す。

先ほどの発言は聞かなかった事にしておこう。

私の場合はちょっと忠告を受ける前に行動してしまって、今回みたいに気付いたら時すでに遅し、みたいな事になっているだけで、魔物に真正面から向っていくような無茶はしていないつもりだ。

多分。

いや、でも、心配をかけているという点では同じかな。

ごめんなさい。

「マルコシアス君」

ふいに振り返ったジークフリードさんが、マル君を呼ぶ。

「言われずとも分かっている。そこいらの兵よりずっと役に立つからな。安心しろ」

「……そうか。その言葉、信じるぞ」

「ふん、過保護な護衛様だな」

彼はマル君の瞳をじ、と見つめた後、ライフォードさんの傍へ走り寄った。

「すまん、ライフォード！」

「ジークフリード遅いぞ。強くはないが少し強固な敵が出た。ふたりで一気に叩く……リン!?」

視界の端に映った私に気付いたのだろう、ライフォードさんの瞳が驚愕《きょうがく》に見開かれる。しかし、それも一瞬。彼はすぐさま目の前の魔物へと向き直った。

さすが第一騎士団長様。優先順位がしっかりしている。

「そういう事か。了解した。調査も終盤だ。終わったら好きにするといい」

「助かる」

「ではいくぞ！」

二人が剣を構える。

だが、その時——。

「その必要はありません」

突如響いた声。

鈴が転がるような愛らしさと、吹けば飛んでしまいそうな可憐さが同居している、なんとも庇護欲をそそられる声だ。

声のした方に目をやると、ふんわりとした茶髪にとろんと垂れた瞳が印象的な美少女が、大勢の人々を引き連れて立っていた。

質の良い生地に、美しい細工が施された白いドレスを着用している。

森に似つかわしくない格好だが、その清純さは一目で聖女だと分かる姿だった。

黒の聖女と白の聖女。

修道女に似た格好の梓さんと目の前の少女を見比べると、確かに言い得て妙だな、と思う。

「少し見学させてもらいました。さすが黒の聖女さま、噂に違わぬ暴れっぷり。ゴリラが戦っているのかと思いました」

「な、何であんたがここにいんのよ⁉　ってかゴリラって殴るわよ！」

「やっぱり野蛮ね。わたしだって聖女ですもん。せいじゅう?様の森が大変なら、出ていかなきゃでしょう?　本当、怖い人。……でも、今はその凶暴さに頼らせていただきますね」

白の聖女様はドレスをひらりとなびかせて地面に膝をついた。

両手を顔の前で組み、祈るように目を閉じる。

「我が力を。聖女さまに」

するると彼女の身体が淡い光を放ち、その光は梓さんの下へ向かっていく。

白の聖女から光を受け取った梓さんは、不敵に笑って地面を蹴り飛ばした。そして、その勢いのまま魔物に向かって拳を振りかぶる。

「ったく、癪《しゃく》だけど！　聖女パァァァアンチ！」

光に包まれた梓さんの一撃は凄かった。とにかく凄かった。

あれは殴る、ではなく破壊する、だ。

彼女の拳を受けた魔物は、今まで聞いた事のないような音を立てて破裂したのだ。

魔物が生を終える時、その身体は光の粒子になって溶けるように消えていく。だから肉片が飛び散ったりはしなかったんだけど。

これ、子供には見せられない光景かもしれない。

「ハロルドから聞いていたが、色々と凄いな、当代の聖女は。面白い」

私より一歩下がって見ていたマル君は、愉快そうにくつくつと笑った。

「ハロルドさん、何か梓さんにしてしまったようですからね」

「ふふ、あいつの怯える顔は見ごたえがあるからな。聖女には頑張ってもらわないと」

何をどう頑張ってもらうのか。

ハロルドさん、身内に敵がいますよ。

「ちょ、ちょっと何で凛《りん》さんまでここにいるの⁉」

驚く梓さんの声が聞こえた気がして、彼女に向かって「こんにちは」の意味をこめて手を振る。

梓さんは二度ほど目をぱちくりと瞬かせたが、すぐに口をぱくぱくと動かしはじめた。

私は読唇術の心得なんてないから正確には読み取れないが、表情からでもおおよその推測はできる。あれはきっと「もう、何のんきなこと言ってるのよ、凛さんってば！」って顔だ。

ごめんなさい。反省しています。

「平気だったか？　リン」

「はい。こちらに魔物は来ていませんし、問題ありません」

ジークフリードさんが私の下へ駆け寄ってくると同時に、なぜか白の聖女様も私の方へ寄ってきた。いや、違うな。彼女の視線の先に、私は映っていない。

彼女の目的はきっと――。

「ごきげんよう、騎士団の皆さん。それとジークフリード様。本日は第一騎士団が向かっていると聞いていたので、お会いできるとは思って……あれ？　あなた、迷い込んだ市民さんですか？　でも、どこかで見たような？」

くるりと丸まった大きな瞳に見つめられる。

「私は……」

「うーん、思い出せないや。ごめんなさい。その程度だったのね、きっと」

「はい？」と濁った太い声が出そうになったが、既《すんで》の所で呑み込む。

落ち着け私。

彼女と私は最初に城で出会ったきりなのだから、覚えてなくともなんら不思議はないじゃない。少し癇《かん》に障る言い方だったけれど、子供なのだから私が大人にならないと。ええ。うん。

青筋を隠しながら微笑むと、いきなり手を摑まれ後ろに隠される。

ジークフリードさんだ。

「下がっていた方が良い」

有無を言わせぬ声に、私は自然と頷いていた。何だろう。――するとその時、聖女の隣に進み出る人がいた。

「聖女よ、戯《たわむ》れはその辺に」

「はいはい。仕方ないなぁ。分かりました」

忘れていた。

彼女がいるのだから、この人がいるに決まっているじゃない。

私は瞬発的に更に後ろへと下がる。

第一王子ダリウス・ランバルト。彼は私などには目もくれず、白の聖女の傍《かたわ》らに立ち、ライフォードさんやジークフリードさんを含めた周囲の騎士たちを見回した。

透明度の高い銀髪が、パープル色の瞳にかかる。

「騎士団長が揃いも揃って手をこまねいているとはな。森の最奥でもないというのに、聖女の護衛を引き受けて身体が鈍《なま》ったのではないか？」

「そう見えたのならば私の不徳の致すところです。失礼いたしました。しかし、一人が率先して敵を殲滅《せんめつ》しても、部下の成長には繋がりません。実践《じっせん》と経験は、訓練では積めませんからね」

ライフォードさんが歩み出る。

「ですが、ご安心ください。我が部下に無能はおりません。結果は必ず出しましょう。それでも心配ならば、どうぞ王子自身がお量りください。いつでもお相手いたしますよ」

ニコリと微笑んだ顔には、穏やかさはひとかけらも見当たらなかった。

王子は眉間に皺を寄せて「ふん」と鼻を鳴らす。

美形の笑顔は時として恐ろしい。あれを真正面から受けて全く動じないなんて、王子の心臓には毛でも生えているのかしら。

「ただのからかいだ。お前たちのような化け物を相手にしたら、僕の方が持たない。――まぁ、護衛が護衛なら聖女も聖女だがな。恐ろしい破壊力だ。対してこちらの聖女はか弱い。そろそろ休ませてやりたいので、先に帰るが……任せてよいな?」

「ええ。ごゆっくりお休みください」

小さく頭を下げるライフォードさん。

完璧なまでの立ち振る舞いに、改めて「さすが理想の王子様」と心の中で感心する。仕事中のライフォードさんは、本当に隙がない。

街の女性たちが騒ぐ理由も分かる気がする。

もちろん、私はジークフリードさん派ですけど。

「聖女もそれで良いな?」

「はい。もちろんですよ、ダリウス。ただ――」

白の聖女様はジークフリードさんの目の前まで歩み寄り、服の端を握りしめた。

「ジークフリード様も一緒に来てください。良いですよね？」

断られるわけがない。

そんな自信に満ちたりた微笑みを湛えて彼女は宣言する。

私は今度こそ「はい？」と腹の奥底から声を出した。

「ね、いいでしょう？　ジークフリード様」

熱っぽい瞳で見上げる白の聖女様。

無邪気さと艶《つや》のある美しさを兼ね揃えた表情に、一瞬、目を奪われてしまう。

十人いたら九人は振り向く美少女。女の私でもそうなのだ。異性だったら、ビー玉を手のひらで転がすように、ころころと意のままに操られてしまうだろう。

可愛いは正義。

きっと今まで何不自由のない生活を送ってきたに違いない。あれだけ自信に満ちたアピールができるなんて。少しだけ羨ましいと思ってしまう。

後ろに控えているから、私にはジークフリードさんの表情が分からない。

彼は、どんな顔をしているのだろう。

「こら、あんまり我儘《わがまま》言わないの！」

慌てて白の聖女の傍に走り寄ってきた梓さんは、「ったく、もう」とため息をついた。

「それは黒の聖女様でしょ？　強いのにライフォード様……は別に良いけど、ジークフリード様を独占するなんて酷《ひど》いです。こちらは近衛兵《このえへい》のみ。騎士団との力の差は歴然です。黒の聖女様ばかり騎士団長二人も侍《はべ》らすなんて、ずるくないですか？」

「侍らすぅ？」

どうやら白の聖女様は王子様系ではなく、ジークフリードさんのようなタイプが好みみたいだ。

そこだけは手放しで頷こう。

分かる。分かるわ。同志よ。格好いいものね、ジークフリードさんは。

私は事の顛末《てんまつ》が気になって、そっと背後から顔を出す。

ジークフリードさんは自らの服を掴む聖女様の手を、両手で包み込むように掴んだ後、そのままぱっと手放した。指が服から離れる。

何あの技。優しげに見せて突き放しているわ。

「白の聖女様。私は現在、別の任を受け持っておりますゆえ、ご容赦《ようしゃ》願います。それに、その発言は王子率いる近衛兵では力不足だと言っているようなもの、お控えになられた方がよろしいかと」

「……ジークフリードッ」

ダリウス王子の目が吊り上がる。

感情をあらわにする王子とは対照的に、白の聖女の瞳は氷のように冷ややかだった。

「ダリウス。わたし、ジークフリード様が来ないと動きたくありません。どうせ黒の聖女に誑《たぶら》かされているに決まってるわ。可哀想《かわいそう》でしょう」

「だれが誑かしてるんだっつーの！」

　拳を手の平に打ち付ける梓さん。気持ちが理解できるからか、ライフォードさんの「落ち着いてください」と止める手もおざなりだった。

　仕方がない。梓さんは誑かすとは真逆だものね。

「ふん。黒の聖女関連でなければ、一体何を――」

　紫の瞳が探るように動く。

　そして、ジークフリードさんの後ろにいる私に気付いて「ああ」と頷いた。

「いや、そうか。そうだったな。――聖女よ、あやつも自らの仕事だろうさ。僕が君を、ライフォードが黒の聖女を護衛しているのと一緒だ」

「え？　だって護衛対象なんて聖女以外に誰が……？」

「ジークフリードの後ろにいるだろう。あれは聖女たちと一緒に召喚されたという、異界の者だ。君も、覚えていると思うが……」

　しかし、白の聖女が小首を傾げるのを見て、「いや、知らないのならいい」と諦めたように瞳を伏せる。

　驚いた。白の聖女様すら記憶していなかったというのに、ダリウス王子は私を覚えていたのか。すぐに忘れ去られ、記憶の肥《こ》やしにすらなっていないと思っていた。

　意外としか言いようがない。

「結界は張っているが、立ち入り禁止にはしていないからな。大方迷い込んだのだろう。まったく、タイミングの悪い奴だ」

ごもっともです。

悔しいけれど言い返せない。

ぎゅっと握り拳をつくると、今まで静観していたマル君が私の肩を優しく叩いた。

「こちらに問題はない。禁止されている場所でもないのだろう？　市民の立ち入りを禁止したかったのなら、それ相応の対策が必要だ。それが完全ではなかった。ならば責められるは俺たちではなく、あいつら国の対応だろう？」

「ふん、口のまわる市民め。だがまぁ、あの結界を越えてきたんだ。相応に腕は立つだろう。お前が傍にいなくとも大丈夫なのではないか？　ジークフリード」

王子の言葉に一瞬、表情を曇らせたジークフリードさんだったが、「いいえ」と首を振った。

「確かに彼らの実力は申し分ないのでしょう。しかし、万が一も考えられます。何かあってからでは遅いのですから」

「そっかぁ、ジークフリード様は責任感もあるのね。うん、そういうの好き。でも、ここは魔物が住む森。聖女である私を守るのが大事か、間違えて連れてこられたその人を守るのが大事か、考えるまでもないと思うんですけど。そもそも護衛なんて必要ですか？」

白の聖女様は、からかうように目を細めた。

「聖女様。それ以上は」

「だって、あの人は別にこの国にとって必要ない――」

瞬間――ピリ、と痺《しび》れるような怒気が漂い始める。

何が、と思う暇もなくジークフリードさんから地を這うような低い声が発せられた。

「口を閉じていただけませんか聖女様。必要ないという言葉は、大嫌いだ」

握りしめた拳は固く、爪が肉を抉《えぐ》って血が滴り落ちた。

背中越しでも分かる。彼女は地雷を踏みぬいた。

人には言ってはいけない言葉がある。ジークフリードさんにとってそれは「必要ない」という言葉だったのだ。

「余計な一言を」

柄にもなくライフォードさんが舌打ちをする。

「あ、あの……ジークフリード様……」

「黙ってくれと言ったはずだ」

「――あ」

白の聖女は彼の唸るような声に気圧《けお》されて、後ずさった。

漂うのは、研ぎ澄まされた静寂。

まるで不安定な刀だ。

何物も斬り伏せる強靭《きょうじん》さの裏に、優しく撫でられただけで容易《たやす》く砕け散ってしまいそうな危うさも併せ持つ。ほんの些細な刺激で、どちらに転ぶか分からない。

いつも冷静沈着で、ハロルドさんの度が過ぎたイタズラすらも笑って許すあのジークフリードさんが、これほど怒りを露《あらわ》にするだなんて。

「不味《まず》いわね。騎士団として薬師《くすし》を牛耳っている第一王子ともめると、色々面倒かもしれないわ。あいつ、白の聖女の願いなら何でも聞くみたいだし」

梓さんが隣に来て耳打ちする。

悔しいけれど、私はジークフリードさんの事を何も知らない。

何故彼がこれほど怒っているのか分からない。私のためだけじゃないと思う。だって、私が「大丈夫」と言っても彼は納得しそうになかったから。

今、私が出来る事はなんだろう。考えろ。「必要ない」が彼のトラウマを抉る行為だとするのなら、私は――。

彼の背に手をつく。

「ジークフリードさん。私は貴方が傍にいてくださると、とっても心強いですし、お会いできるだけで本当に嬉しいんです。最初に出会えたのが貴方で、本当に良かった」

「リン……」

私の名前を呼ぶ声は、少しだけ震えていた。

「私はこのまま帰ります。大丈夫ですよ、マル君とっても強いですから！　だからどうか、私の事は気になさらないでください。私のせいで、無理はしてほしくありません」

ジークフリードさんの手を握り、固く閉じられた拳を開いていく。私に回復魔法が使えたのなら、こんな怪我治してしまうのに。

正直に言うと、せっかく出会えたのだから傍にいたいし、話もしたい。遠征に行くのなら、また長い間会えなくなってしまうのだもの。

でも、そんな我《わ》が儘《まま》言えるはずもない。だから大丈夫だ。

「それに、白の聖女様？」

ジークフリードさんの隣に立ち、白の聖女を見据える。

「私は別に貴方に必要ないと言われたところで、何とも思いません。だって、私は貴方のために生きているのではありませんから。私は私のために生きています。いらないと言われても、しぶとく生き残ってやりますので」

腰に手を当てて、ビシッと指を差す。

失礼にあたるかもしれないけれど、知った事ですか。白の聖女様は目をぱちくりと瞬かせて、「はぁ？」と気の抜けた返事をした。

「さ、行ってください、ジークフリードさん」

「――自分のために生きる、か。はは、君は強いな。本当に」

いつもの優しげな瞳を細めて、ジークフリードさんは笑った。

良かった。彼に纏《まと》わりついていた怒気は霧散した。白の聖女とダリウス王子の所へ送り出すなんて少し心配だったけれど、これなら大丈夫だろう。

ではまた、と頭を下げる。しかしジークフリードさんは片手でマントをふわりとはためかせながら、私の足元に跪《ひざまず》いた。

「え？」

「すまない。君を守ると誓っておきながら、俺はいつも駄目だな」

「そんなことありません。いつも私の事を気にかけてくださって、ありがとうございます」

「俺の方こそ。いつも君には助けられている。ありがとう、リン」

彼は穏やかに微笑んで、「でも、ひとつだけ」と言って真剣な表情を作る。

「君の護衛君はとても優秀なようだが、俺を任から外すようなことはしないでほしい。君を守るという役目を、どうか俺に与え続けてほしい」

「そ、そんなこと！」

「すまない。少し意地悪な言い方だったな。君がそんな事をする人ではないと知っている。だが、その……」

彼は少し照れくさそうにはにかんだ。

「君があまりに彼を頼りに思っているみたいだから、少し妬《や》いたんだ。本当にすまない」

「——ッ、も、もう！　貴方って人は！」

無自覚なのか。それともわざとなのか。

平然とこんなセリフを言ってくるものだから、一瞬にして顔がゆだってしまう。

それもジークフリードさんの魅力の一つなんだけど、心の準備くらいはさせてほしい。心臓が保たなくなります。

「傍に、いさせてくれるか？」

優しい赤褐色の瞳に見つめられては、断れるはずもない。

「……当たり前じゃないですか」

「分かった。ならば、今日はここでお別れだ」

さっと私の右手を取り、手の甲に唇を落とす。

温かくて柔らかな感触。

一瞬、何が起こったのか分からなかった。

私の思考は一瞬にして沸騰《ふっとう》し、全てがジークフリードさんで染まってしまう。

「ではまた」

「お、おおお気をつけて！」

「君も」

胸辺りで右手を握りしめる。ジークフリードさんはずるい。

右手が洗えなくなったらどうするの。

いや、キッチンを主戦場とする以上それはできない事だけれど、それくらいの衝撃だった。

「二人の世界すぎて入っていけないわこれ、ざまぁないわね」と笑う梓さんの声も、「二人はどこまで進んでいるのですか?」と真剣に頭を悩ますライフォードさんの声も、「ったく、少しくらい周りを見ろ」と呆れるマル君の声も、今の私には届かなかった。

王子たちと共に去っていくジークフリードさんの背中を見送る。

聖女らしからぬ表情でこちらを睨んでくる白の聖女にすら、私は気付かなかった。

＊　＊　＊　＊　＊　＊　＊

白の聖女――本名、伏見有栖《ふしみありす》。

彼女は同時期に召喚された他二名と違い、元の世界に何の不満も抱いていなかった。

鏑木《かぶらぎ》凛は自動車事故寸前での召喚。

篠村《しのむら》梓は会社に辞表を叩きつけた後に召喚。

しかし、有栖は、順風満帆《じゅんぷうまんぱん》な女子高生ライフを満喫していた。

イギリスで生まれた母親譲りの透き通った白い肌に、青みがかったブラウンの瞳。甘栗色の髪は絹のように柔らかで、風が通り抜けるたびにふわりと揺れる。

可愛いなんて言葉は浴びるように降ってくるし、当たり前すぎて褒め言葉とも認識されない。

有栖が頼めば誰もが言う通りに動いてくれた。

有り体《あてい》に言えば言いなりだ。

なまじ両親が地位のある人物だった事も加わり、年上も年下も男性も女性も全て思うがままだった。稀《まれ》に有栖に苦言を呈する人間もいたが、周囲の者が自然と守ってくれる。

両親は一人娘を目に入れても痛くない程に溺愛し、たしなめるものは誰もいなかった。

おかげで有栖は現実の恋愛にまるで興味が持てず、もっぱら空想の世界でそれを補っていた。

特に騎士と恋仲になる作品が好みだ。

ヒロインは身を挺《てい》して守られ愛され甘やかされるが、ヒーローは思考の全てをヒロインに委《ゆだ》ねたりはしない。

彼らは彼らなりの矜持《きょうじ》を持って生きている。

その上で、ヒロインを愛するのだ。

理想だった。

なので聖女として召喚された時、騎士のいる世界だと知って喜んだ。

まさか第一王子に囲われるとは思っていなかったが、彼は彼で使い勝手が良いので問題はない。

騎士様は自分で落とせば良いのだから。

自分が本気を出せば容易いはず――そう思っていた。

「王よ。ご報告があり、参上いたしました」

謁見室の扉が開き、低くて甘い声が響く。

有栖はダリウスの後ろから彼を見た。

優しげながら意志のある瞳。燃えるように赤い髪はゆるやかに撫でつけられ、彼の動きに合わせて小さく揺れる。均等に筋肉のついた体。

一目惚れだったのかもしれない。

有栖にとって理想の騎士様がそこにはいた。

聖女として王宮で暮らし始めてから、有栖は彼や騎士についての情報を探った。

主にダリウスから聞き出すだけだったが、第一王子だけあって騎士団の話題にも明るかった。便利な王子だ。

王宮に常駐している騎士は、王直属の近衛兵以外に第一から第三の騎士団に所属している。赤髪の騎士様はジークフリード・オーギュストといい、第三騎士団の団長だと知った。

いきなりアプローチを掛けてみるのも良いけれど、第一騎士団や第二騎士団も気になる。

有栖は聖女としての勉強もそこそこに、騎士団に近づく事を考えていた。


まず会えたのは第一騎士団団長、ライフォード・オーギュスト。

黒の聖女の護衛についている騎士だ。

彼は綿毛のようなふわふわの髪に、透き通るようなブルーの瞳が印象的な美形だった。

王子様系は好みではないけれど、粉くらいは掛けておこう、と考えた。もう一人の聖女に騎士がついている、というのが少し腹立たしかったのが理由だ。

けれど、一度会話してみてわかった。

この人は駄目だ。恋愛に現《うつつ》を抜かす前に仕事と家を取る。

自分を一番に考えない男など必要ない——有栖はそう考えたが、そもそもライフォードも有栖も自らの顔が良い事を理解して、それを最大限活用し自分の思い通りに人を動かす人種だ。

つまるところ似た者同士。同族嫌悪。

気が合うはずもなかった。

次が第二騎士団団長、アデル・マグドネル。

魔導騎士という特殊な立ち位置からか、騎士らしさは感じられない。

青みがかった黒髪に、大きな瞳。二十歳《はたち》を越えていると言われなければ分からないほど幼い容姿をしている。

正直、全く好みではなかった。

やはり自分にはジークフリード様しかいない。

「ジークフリード様！　こんにちは！」

第三騎士団長は頻繁《ひんぱん》に会える存在ではなかった。だから姿を見つけると、有栖は必ず名前を呼んでいた。自分の存在を印象づけるためだ。

彼は有栖に呼ばれるたび軽く会釈《えしゃく》をしてくれた。

手ごたえは悪くない。きっとそのうち、私だけの騎士様になってくれるはず。物語のヒーローが彼で聖女である自分がヒロインなのだ。

有栖はそう思っていた。


目の前を歩くジークフリードが、ひどく遠い存在に感じられる。

――なぜ彼が怒ったのか分からない。なぜ私よりあんな地味なおばさんを贔屓《ひいき》にするのか分からない。私の方が若くて可愛いし、何よりこの国にとって大切な聖女だ。私を守り、私を大切に思うべきなのに。

「ダリウス。何とかして」

「さすがに無茶が過ぎるぞ、聖女。僕にも出来る事と出来ない事がある」

「それでも何とかしてよ」

ダリウスはため息を吐いて「善処する」と言った。

悔しい。悔しい。悔しい。

こんな屈辱は初めてだ。

今まで何もかも上手くいっていた。皆、自分の思い通りに動いていた。だからこんな結末、あり得るはずがない。ジークフリードは自分のものになるはずだったのに。

じ、とジークフリードの背中を見つめていると、ふいに彼が振り向いた。

ああ、きっと謝ってくれるのだ。

自分が悪かった。君が全て正しかった。これからは君を守ろう――と。しかし、彼は有栖の方を見向きもせず、ダリウスに対して冷ややかな視線を送った。

「王子。聖女を甘やかすのも良いですが、時にはたしなめる事も必要ですよ」

「馬鹿を言うな。はじめから手遅れだ。そもそも聖女の願いを聞く事だけが僕の仕事だ」

――手遅れ、ですって？

有栖の中で何かの糸がプチッと音を立てて切れた。

ああそう。良いわ。別にもうなんだって良い。

ジークフリードも、ダリウスも、あの巻き込まれ女も、黒の聖女も。私を好きにならないのなら必要ないわ。

生憎《あいにく》と、この世界は元の世界と美醜《びしゅう》の感覚が違うわけでもない。自分の容姿を気に入って、聖女だと崇拝してくれる者は沢山いる。

全て使いましょう。

自分の持てる物全てを使って、貶《おとし》めてあげましょう。

しぶとく生き残るのなら生き残ってみるが良い。

「踏み潰してあげるわ」

有栖は深海に落ちたブラックパールのようにほの暗い瞳を伏せ、小さく呟いた。

二章　ガルラ火山と決死のデリバリー

特に大きな事件などは起きず、一日がのんびりと過ぎていく。

マーナガルムでの一件以降、ジークフリードさんには出会えていない。もうすぐ遠征に出かけなければいけないとは聞いていたが、まだ出発はしていないはずだ。

やっぱり忙しいのかな。

いつもならちょこちょこと暇を見つけては顔を出してくれているので、少し心配である。ジークフリードさんに限って問題はないと思うけど、あの人も無茶をする人だからなぁ。

森で別れる際も、気になる様子だったし。

次に会えるのはいつだろう。会いたいな、なんて考えていた——そんな、ある日の夕刻。

店仕舞いの準備をしていたら、ライフォードさんが駆け込んできたのだ。

「リン！　リンはいますか！」

ふわふわと綿菓子のような髪が汗で頬に張り付き、よほど急いだのか息が乱れている。

彼は手の甲で口を拭《ぬぐ》うと、はぁ、と大きく息を吐いた。第一ボタンを外し、襟元を引っ張って空気を入れる。

ライフォードさんが服装を乱すところなんて、初めて見たわ。

「ライフォードが慌てるなんて珍しいね。よっぽどの事？　ドリンク事件の借り程度でまかなえるかなぁ？」

「相変わらず性根が腐っていますね、ハロルド。でしたら次は服でも脱いで客引きでもしましょうか？　貴方と違って貧相な身体ではありませんしね」

「はぁ⁉　僕だって脱いだら凄いんですけど！」

いきなり話を脱線させないでほしい。

ハロルドさんが脱いだら凄いとか、どうでもいい情報すぎる。

「冗談が言えるのなら、まだ急務というわけではなさそうですね。座ってください。まずは話を聞きましょう」

私はテーブルを拭く手を止め、人数分の椅子を引く。

マル君は既に自分用の椅子を用意して、のんびりくつろいでいた。出した尻尾《しっぽ》で私の足を叩き夕食を催促してくるが、私に用事なのだから私が話を聞くのが筋というものでしょう。

夕食は後回しだ。

「ご主人様は俺を餓死《がし》させたいのか？」

「少し夕食が遅れた程度では餓死しません。ちゃんと作りますから、大人しくしててください……ん？」

ライフォードさんと目が合う。しかし彼は気まずそうに視線を逸らした。

待って。間違いなく変な勘違いをされたわ。ご主人様呼びは趣味でもプレイでもありません。

私は慌てて説明を試みた。

マル君には後でお説教です。

＊＊＊＊＊＊＊

「リン、貴方に全力を出していただきたいのです」

席につくなり開口一番、ライフォードさんはそう言った。

「まずは順を追って説明致しましょう」

昨日、騎士団の薬貯蔵庫に侵入者があり、防炎効果のある薬が片っ端から床にぶちまけられた。犯行を行ったのは第三騎士団に所属している人物。

現在、防炎の薬は王都に近い領土からかき集めているが、頻繁に作られる薬ではないため数が圧倒的に足りていない――ライフォードさんはそこまで一気に話しきると、コップ一杯分の水を飲み干した。

苛立《いらだ》ちが見て取れる。

「現在、犯行を行った者は我が第一騎士団で取り調べております。なぜこのような行動に走ったのか、泣いて謝ってばかりで行き詰まっている状態ですが――それはこちらでどうにかするので問題はありません。問題は……」

舌打ちでもしそうなほどに顔が歪む。

「ジークフリードが明日出立《しゅったつ》します。目的地はガルラ火山。あの星獣ガルラが司《つかさど》る、一年中炎が消えぬあの山です」

「はぁ？　ガルラ火山って、防炎の薬なしにどうやって登るのさ。延期しなよ」

「そうしたいですよ。ですがマーナガルムの森と同じように何か異変が起きている可能性があり、一刻も早い調査を、と」

ガルラ火山――ハロルドさんから聞いた事がある。一年中炎に囲まれた山で、頂上に近づくにつれて、防炎の薬なしでは立っている事もままならない程に熱いらしい。

そこに、ジークフリードさんが行く。薬が足りない状態で。

私は自然と拳を握りしめていた。

「ばっかじゃないの？　魔物退治も含めての遠征でしょ？　第三騎士団が打撃を受けると、長期的に見て不具合がでてくるって何で分かんないかなぁ？　薬の量が減れば少数精鋭で迅速にって事になるだろうけど、あの山には向かない戦法。ジークに負担かけすぎ」

「そんな事くらい理解しています。ですが、貴方だって分かるでしょう。仕事ならばどこへでも向かわなければいけません。我々騎士団は国に住む人々の剣であり盾なのですから」

ライフォードさんが息を切らしてまで、ここへ来た理由が分かった。

ジークフリードさんが危険だからだ。

火だるまになっても生きていられる生物など、魔物を除いていない。つまり、ガルラ火山では食料を現地調達できないのである。持ってきた食料だけで賄《まかな》わなければいけない上に、じりじりと炎が体力を削っていく。

短期決戦を仕掛けたいが、しかし急いで登ると途中で体力が尽きる。

食料だけでなく、薬と体力も調節し、慎重に登り進まなければならない。

そうだ。

温存に温存を重ねて、仲間内で協力しあわないと厳しい事くらい、容易に想像がついた。

――その第三騎士団の仲間が薬を床にぶちまけて、遠征を妨害した。

なぜそんな事をしたかも分からない。ジークフリードさんは疑心暗鬼渦巻く中で、騎士団をまとめ上げガルラ火山に挑まなければいけない。

それが、どれだけ難しい事か。

「だからリンに頼みに来たのですよ。例の全力を出したドリンクなら、ガルラ火山内でも有効でしょう。薬が足りない状況でもなんとかなる。――リン、率直に申し上げます。私は貴女にデリバリーを行っていただきたいのです」

「つまり、こちらで準備した特製ドリンクを、ジークフリードさんの隊に送る、という事でしょうか？」

「その通りです。――ハロルド、いけますか？」

ライフォードさんがハロルドさんを真っ直ぐに見つめる。

「正直、ジークに魔法陣を渡すっていうのなら厳しい。距離がありすぎるからね。ジークの負担が重すぎる。ジーク以外でそこそこ魔力量の多い人間でないと、任せられないだろうね」

転移魔法陣は二重の魔法陣が敷かれている。一つはもちろん転移魔法だ。しかし、転移魔法を発動させるためにはハロルドさんの魔力が必要になってくる。

だから、二つ目――魔力を吸い取る魔法陣が同時に仕込んである。

魔力を流すことで二つ目の魔法陣が発動し、ハロルドさんから魔力を吸い取り、一つ目の転移魔法が発動するのだ。

ただ、魔力を吸い取るといっても、遠ければ遠いほど発動する側も吸い取られる側も、魔力の消費量が多くなる。

ジークフリードさんに任せてしまうと、騎士団の指揮、前線での戦闘、更に部下も守って、転移魔法にも魔力を吸い取られる、という事になってしまう。

正直、過労死一直線だ。

無茶振りにも程があるってものよ。

「しかし、生憎と第二騎士団は出払っており、我が隊の魔力を持っている人間は水魔法ばかりで……。聖女を向かわせるわけにもいきませんし……」

「ああ、ガルラは火を司るだけあって、水の素養を持つものを毛嫌いしているからな。ハロルドやお前が行けば、噴火するやもしれんな」

「噴火⁉」

私はマル君を見た。彼はさも当然そうに「ああ」と頷いた。

さすが長生きしているだけあって、色々と詳しいみたい。

しかし、そうなると、ライフォードさんやハロルドさんが同行したところで逆効果にしかならない。「マル君は?」と聞くと、「あいつとはあまり面識がないから、俺が縄張りに入ったらどうなるか分からない」と返ってきた。

なんなの。星獣様と魔族って相性が悪いの?

八方塞がりじゃないの。

どうにかしたい。でも、どうにもできない。

苛立ちから奥歯を噛みしめる。

ジークフリードさんに何かあったら、正気でいられる自信がない。

「選択肢は一つしかない……けど、これは、困ったなぁ」

「何か手があるんですか⁉　この件についての隠し事は許されませんよ!」

「包み隠さず言いなさい。いつものようにへらへら笑ってかわそうものなら、一戦交える事もやぶさかではありませんよ」

二人してハロルドさんに詰め寄る。「ちょ、ちょっとジーク過激派たち落ち着いて!　っていうか、僕に対する君たちの信頼度が悲しいんだけど」彼はそう言って、私を指差した。

「な、何ですか……」

「隠すつもりなんてないから安心して、リン。選択肢は一つ。君だけだ」

――はい?

急に降って湧いた選択肢に理解が追い付かない。

どういう事なのか。

適性者は、星獣ガルラの機嫌を損ねないために水魔法の素養がなく、遠距離の転移魔法を何度も行使できるだけの魔力量を保持している人物、で合っているわよね。

「この前さ、消費量が少ないとはいえ、あれだけ雷を撃ち込んだ上に、制約の環の練習もしただろう？　普通の人間なら魔力が枯れて死んでるよ」

「死⁉」

「魔力を使うと疲れるだろう？　それは体力と魔力が連動しているから、なんだ。魔力が１００あって、体力が50あるとするだろう？　魔力を50使うと、体力が25までに減る。逆もしかり。だから減ると疲れるし、ゼロになると死ぬ」

「死ぬ……」

「ああ、大丈夫。普通はゼロになる前にリミッターが発動してぶっ倒れるから」

「ぶっ倒れる……」

初耳の情報が多すぎて、ハロルドさんの言葉を繰り返す事しか出来ない。

魔法って体力と分かれているのものじゃないのね。ゲームのノリで使っていたから、ビックリである。

というか、だったらポンポン魔法を使いまくっているハロルドさんの魔力量って、どうなっているのよ。疲れた姿なんて見た事ないんですけど。

「まさか貴方、何も説明せずに魔法を教えていたのですか……？」

「さすがの俺も普通に引く」

ライフォードさんとマル君の冷ややかな視線をさらりとかわし、ハロルドさんは私に向き合った。

「かなりキツイ任務だよ。――でも、君がやると言うのなら、僕は最大限バックアップする。僕の魔力ならいくらでも持っていっていい。どうする？　やる？」

遠距離の転移魔法は双方負担があるとはいえ、ハロルドさんの負担の方が大きいのは確かだ。彼が、良いと言うのなら。大丈夫と言うのなら。答えは決まっている。

キツイ任務なんてどうって事ないわ。

ジークリードさんの役に立てるのなら、私はなんだって出来る。

「やります！　当然です！」

私は笑顔で宣言した。

＊　＊　＊　＊　＊　＊　＊

まだ明けきっていない濃紺の空と、地平線から顔を覗かせる太陽。

徹夜明けだと太陽が黄色く見える、なんて事を思い出す羽目になろうとは思いもしなかった。凄く眩しい。目が焼き切れそうだ。

ハロルドさんマル君と手分けして特製ドリンクを作り続け、朝が来てしまった。

途中ライフォードさんが「私も手伝います」と申し出てくれたが、丁重にお断り申し上げた。余計な作業が増えてしまうからだ。

マル君だけは「疲れた。手伝ってもらえ」と泣き言を漏らしていたが、ハロルドさんと一緒に全力で止めた。

あの爽やか王子様フェイスに騙されてはいけない。

彼は己の腕力で食材を砕く気でいる。

残りの作業は二人に任せ、私は第三騎士団と合流するため変装をする事になった。そのままの姿で現れては、ジークフリードさんに追い返される。それくらい想定済みである。

そして現在。

「それではノエル、彼をよろしくお願いします。少しシャイで鎧《よろい》が手放せない子ですが、役に立つ良い子ですよ」

私は第一騎士団に最近入隊したばかりの新人騎士として、第三騎士団副団長ノエル・クリーヴランドさんに紹介されていた。

ライフォードさんが見習いの頃着用していたお古の騎士服に身を包み、頭から腰までバッチリと鋼鉄の鎧で固めた状態で、だ。

これならば顔を見られる心配はないし、何より――。

「よろしくお願いします」

私の口から発せられたのは、中低音の男性ボイス。誰がどう聞いても爽やかな少年のものだ。

ハロルドさんの仕業《しわざ》である。

声だけは誤魔化しがきかないからと、声帯に作用する幻術を鎧にかけてあるのだ。

更に鎧の方にも軽量化の魔法が乗っているため、重さは感じない。つまりハロルドさんは常時、遠距離にいる私に二つもの魔法をかけ続ける事になっている。

さすがの彼でも体力がゴリゴリ減っていくと思うので、レストランテの運営はマル君が主体となるだろう。

誰かが裏で糸を引いている可能性もある。

下手なことをして、こちらの作戦を気取られる訳にはいかないのだ。

私だけならば体調不良で引っ込んでいると言えばいい。しかし、ハロルドさんまで店にいないとなると警戒が高まるかもしれない。

よってレストランテ・ハロルドは通常通り開店予定だ。

「はじめまして、僕はノエル・クリーヴランド。副団長といっても庶民の出だから、気安くしてもらって大丈夫だよ。正直、少しでも戦力が増えて助かる。ありがとう……ええと」

「あ、わた……じゃなくて僕はリ――……リンゾウです！　若輩者ですが、ご指導ご鞭撻《べんたつ》のほどよろしくお願いいたします！」

しまった。

見た目は完璧にカモフラージュできていたが、偽名を考えるのを忘れていた。とっさに浮かんできた名前を口にしたが、正直酷《ひど》いセンスだと思う。リンタロウよりましだけれど。

ライフォードさんの肩が小刻みに震えている。

ええい、言ってしまったものは仕方がない。

私はリンゾウ。いや、僕はリンゾウです。

「リンゾウ君？　変わった名前だね。うん、でも覚えやすくて良いと思う。こちらこそ、よろしくね」

爽やかに微笑むノエルさん。

素朴で優しげな外見から想像しうる通りの人柄だ。最近、周りがキラキラした美形ばかりだったので、隣に立つととても落ち着く。

ジークフリードさんには頼れない状況。信頼できそうな人に預けてもらえて良かった。

背負ったリュックに巨大な魔法陣を描いた布を。腰には空のドリンクボトルを。

武器はその二つ。

私の役割は一つだけ。

失敗は許されない。

「では、ライフォード様。彼をしばらくお借りいたします」

「ええ。ノエル、どうかよろしくお願いいたしますね」

ライフォードさんとはここでお別れだ。

ジークフリードさんを先頭に、約五十人程度の第三騎士団員たちは馬に乗り、まずはガルラ火山近くの町を目指す。

私は馬になんて乗った事がないから、ノエルさんの馬に同乗させてもらった。副団長だからか、最後尾で団員全員を観察しながらの行軍となる。

騎士団全体から漂ってくる、言葉では言い表せない重苦しい空気。

やはり、事件の影響は少なからずあるみたいだ。

「この遠征、団員たちも不安に思っているのですか？」

「……なかなかズバリと聞いてくるんだね。ああ、そうなんだ。普段は好意的に見ているものも、疑心暗鬼に駆られた今ならば、逆の考えが浮かんでくる場合がある」

「逆？」

「例えば団長だ。どういう事かは、今夜分かると思う」

途中休憩をはさみながら一日馬を走らせると、初日の目的地についた。

ガルラ火山近くの町だ。

この町には一泊と腹ごしらえのために立ち寄る。

まともなご飯にありつけるのは、ここまでだ。あとはレーション――簡易な保存食で腹の虫を誤魔化すしかない。

騎士団用の保存食なだけあって、体力回復の効果は高めに作られているらしい。ただ、味について尋ねると、ライフォードさんには無言で顔を逸らされた。

私はまだ食べていないから分からないが、覚悟はしておいた方がよさそうだ。

本当は現地で私が作れたらいいのだけれど、ジークフリードさんにバレても帰らされない場所――中腹までは我慢するしかない。

さすがにガルラ火山を半分まで登って、一人で帰れとは言われないだろう。たぶん。

「リンゾウ君、眠る時まで鎧を着ているの？」

「は、はい！　もちろんです！　鎧に囲まれている状態が、一番落ち着けますので。僕にとって鎧は戦闘装束であり、布団でもあるのです！」

「そ、そうなんだ」

「はい。よろしければノエルさんも是非一度試してみてください。抜け出せなくなりますよ。物理的に！」

「い、いや、僕は大丈夫。リンゾウ君が良いのなら、僕は気にしないから。うん」

本当、何言っているんだろう私は。嘘を嘘で覆い隠そうとして変人と化している気がする。

ノエルさんは優しい人だ。

こんな怪しさの塊にすら、丁寧に対応してくれる。ライフォードさんが背後にいるおかげかもしれないけれど。

彼の評判を落としていないか、今からちょっと心配だ。

私は第一騎士団から貸し出されている設定なうえ、ライフォードさん直々に「頼む」と言われたこともあって、団長、副団長と同じ部屋で休息をとる事になった。

ただ、部屋にいるのは私とノエルさんだけ。ジークフリードさんの姿は見えない。

「団長はいつもそうだ。野宿の時でも絶対に寝顔は見せない。普段ならば我々のために見張りを買って出てくれている、と皆思っていたけれど……」

ノエルさんは寂しげにうつむいた。

「今は団員を信じられないから寝顔を見せないのだ、なんて噂がまかり通っている始末さ」

「ジークフリードさ……様はそんな人ではありません」

「――――ッ、ああ、その通りだ。良かった。リンゾウ君、君とは仲良くできそうだ。さすがライフォード様に気に入られているだけある！」

心底安心したように笑うノエルさん。

ああ、ジークフリードさんは良い副団長を選んだのですね。

疑心暗鬼で覆われている中、自分を心配し、信頼してくれる――そんな人が副団長だなんて、素敵だと思う。

「さぁ、ぐっすりと寝て体力を満タンにしておこう。僕たちは、あの人の役に立つためにここにいるのだから」

「はい」

主のいないベッドを見ながら、私は布団を被《かぶ》る。

ジークフリードさんの寝起きの悪さを考えるに、部下に格好悪いところを見せないようにしている部分も、少なからずあると思う。

ぐっすり眠ってしまうと、覚醒するまでに時間がかかる人だと知っている。責任感が強く、なんでも自分で解決してしまう人という事も知っている。

でも、こういう大変な時くらい周りに頼っても良いのに。

ままならないものだ。

悔しいな。私には何もできないのかな。

＊　＊　＊　＊　＊　＊　＊

夜中、ふと目が覚めて部屋の中を見回す。ジークフリードさんのベッドは空のままだった。

私はノエルさんを起こさないよう、そっと外へ出る。

夜の静寂が支配する時間帯。

周囲は薄暗く、月光だけが唯一の光源だ。目が慣れるまで何も見えやしない。

周囲を見渡すと、一つ大きな窓の下にジークフリードさんはいた。片膝を立てて座り、ぼんやりと空を見上げている。

眠っていないのかな。

「ジークフリードさ……団長」

「ああ、君は確かライフォードから頼まれた……リンゾウ君、だったか。すまないな。面倒な時期に協力をしてもらう事になって」

「いいえ。僕が役に立てるのなら、幸せな事だと思います」

「ありがとう」

青白い光に照らされた彼の顔は、いつも通り見惚《みほ》れるほど端整で格好良いのに、儚《はかな》くも見えた。

久しぶりに会えて嬉しい、なんて感情よりも心配の方が表に出る。

ジークフリードさんはよく「頼ってくれ」と言うけれど、彼自身は誰か頼れる存在はいないのだろうか。

「あの、団長は眠らないのですか？」

「ああ、俺の事は気にしなくて良い。ちゃんと仮眠はとっている。君も早くお休み。明日からが本番だ。体力はきちんと回復しておきなさい」

「はい」

リンゾウでなくリンだったら、引きずってでもベッドに連れていった。残念ながら、今の私はリンゾウで、まだジークフリードさんに正体を見破られるわけにはいかない。

だから素直に頷くしかなかった。

「あの、無理はしないでください」

「大丈夫だ。いつもの事だ」

この人はいつもこんな無茶をしているのだろうか。

明日からが本番だとしても、今日だって一日中馬で駆けていたはず。

ノエルさんに引っ付いていただけの私でも疲れているのだ。慣れているとはいえ、先頭を走っていたジークフリードさんが疲れていないわけがない。

最初は少しだけ。ほんの少しだけだが、仕事をしているジークフリードさんを見られて嬉しい、なんて思っていた。

けれど今は違う。

私は一度部屋に入り、ジークフリードさん用のベッドから毛布を引っ張り出すと、丸めて抱きかかえた。そして、もう一度彼の元へ戻る。

「こら。しっかり眠りなさいと言っただろう」

こんな時にまでリンゾウの心配をしてくれるジークフリードさんは、本当に優しい人だ。だからこそ、私だって放っておかない。

抱えた毛布をジークフリードさんに手渡す。

「せめてこれを」

「毛布？」

「団長が倒れたら元も子もないですからね。仮眠をとるにしても、身体を暖かくしてください」

では、と頭を下げ、今度こそ部屋に戻ってベッドに横になる。

あれでぐっすり眠ってくれるとは思わないが、ないよりはマシだろう。


早朝。

騎士団の面々は町にある厩舎《きゅうしゃ》に馬を預け、ガルラ火山へ向かうこととなった。

多くの魔物が徘徊《はいかい》する山だが、実はある資源が眠っており、登ろうとする者は少なくない。そんな者のために、町では長期間滞在できる設備が整っている。

ある資源――それは炎の魔石だ。町の特産物にもなっているが、他の町からも採掘に訪れる者は多いらしい。

この世界の火は特殊な石を用いている。

魔石と呼ばれるそれは、呪印を施されている鉄の棒を当てる事で火が付く。便利な事に調整もでき、その棒を右に引っ掻くと火が強まり、左に引っ掻くと火が弱まるのだ。

一般家庭にも広く普及されており、使い勝手はほとんどガスコンロと一緒。もちろん、我がレストランテ・ハロルドもこれを採用している。

ただ、魔石には寿命があり、割れてしまったら交換しなければいけない。

そして、火口に近い程長寿命なのだが、麓《ふもと》辺りでも半年くらいは保つため、登山者が後を絶たないのだ。

現在、結界の調査が必要という事で、一般市民の立ち入りは禁止されている。上記のような理由があって、ガルラ火山の調査は急務となっているらしい。

「リンゾウ君、ガルラ火山へは初めてかな。あれがそうだよ」

ノエルさんが指差す方向へ視線を向ける。しかし、そこに私の想像する山はなかった。鎧に囲まれて視界が狭まっているからではない。

見えるのは、巨大な火柱だ。

麓辺りはまだポツポツと木の姿が確認できるが、全て枯れ木。上がるにつれて草木の姿はなく、乾いた大地から立ち昇るのは全て炎だ。

赤から青へのグラデーションを纏った炎は、まるでオーロラのように幻想的だった。火口に近づくにつれて青の割合が多くなっており、防炎の薬がないと登れないのにも納得である。

一年中炎が消えぬ山。

比喩《ひゆ》ではなく、まさか山自体が常に燃え上がっているとは思わなかった。

町からガルラ火山に向かうには、まず小さな森を抜けてからになる。

私とノエルさんは最後尾で団全体を見渡しながら進んでいた。

「この森にも魔物は出没するから、気は抜かないように」

「はい。了解しました。それにしてもちょっと隊から離れすぎていませんか?」

「そうだなぁ、普段はもうちょっと近くにいるんだけど……」

私とノエルさんが最後尾の団員に近づくと、彼らは顔をしかめて足早に距離を取られた。結局、元通りの距離感に収まる。

ちょっと露骨すぎやしないだろうか。

普通にへこむんですが。

「ごめん。団員同士でもちょっとピリピリしているところがあるから」

「第一騎士団の僕ならなおさら、という事ですか」

「あと単純に見た目が……」

「意外とはっきり言われた！　ですよねやっぱり！」

上半身のみ鎧の男なんて怪しさ爆発ですもんね。

しかも脱がないときた。

「そういえばリンゾウ君は剣を持っていないけど、戦法は？　まさか拳？」

「いえ、そんなライフォード様じゃあるまいし」

「あはは、おかしなことを言うなぁ。ライフォード様ほど流麗《りゅうれい》な剣捌《けんさば》きの方は見たことないよ。あの人が拳だなんて、誰かと勘違いしてるんじゃないのか？」

流麗な剣捌きとな。

さすがライフォードさん。騎士団内でも完璧な王子様なのか。

あの人がニンジンを片手で粉々に粉砕したり、拳で釘を打ちつけようとしていた姿を見たら、どんな反応をするのだろう。

後が恐ろしいので絶対にバラしたりはしないけれど。

「……あー、そうですよね。誰と勘違いしちゃったんだろ」

「あははは、だろうなぁ。でも想像したら凄く面白……あ。ライフォード様には今の内緒ね？」

「勿論《もちろん》ですとも！」

ノエルさんは微笑んで「ありがとう」と言った。

私は中指、人差し指、親指の三本だけを真っ直ぐ伸ばし、ピタリとくっつけた状態で、胸辺りまで持ってくる。

これが私の武器。

剣も拳も使えない。出来る事は敵の動きを止めるくらい。

援護オンリーだがお荷物よりはマシだと思いたい。

ふと顔を上げる。

前を歩く騎士団員近くの草むらに違和感を覚えた。

微かだが、葉っぱが数枚揺れた気がする。

動物か魔物か。

目を凝らして良く見る。瞬間、草むらから黒い影が飛び出してきた。頭にドリルのような鋭い角を生やした、ウサギのような生き物。

魔物の方だった。

騎士団員は瞬時に気付き、剣を抜こうと足を一歩後ろに引く。

だが間に合わない。

「セット！」

構えると同時に魔法陣が出現する。

私はそのままノータイムで電流を打ち出した。

電流は狙いが甘く、あらぬ方向に飛んでいく――と思いきや、ぐりんと弧を描くように向きを変え、魔物に直撃した。

空中で電流を受けた魔物は、そのまま動かず地面に墜ちる。

よし。上手くいった。

人間の身体には微弱な電流が流れている。

例えば視覚。見るという事は目に入ってきた光を神経が電気信号に変換して脳へ伝える事だ。

逆もしかり。

魔物も構造は同じらしく、私はその電流をマークして電流を放っている。通常では考えられない軌道で魔物に向かっていったのはそのためだ。

人間と魔物とでは流れる電気信号に違いがあり、人に当たる事はまずない。

感覚として、魔物の方には何か黒いものが混じっているような。そんな感じ。

密集している場所で一人の人間を狙い打つのは難しいけれど、紛れ込んだ魔物なら百発百中だ。

ちなみに全部マル君から教えてもらった知識をもとに、改造した結果である。

「リンゾウ君、今のって……」

「大丈夫ですか！　怪我はありませんか！　あ、心配しないでください！　これ以上近づきませんから！」

両手を空に向けて真っ直ぐに伸ばし、ぶんぶんと手を振る。

すると何故か前を歩いていた団員たちは私の方に向かって歩いてきた。どうしよう。余計なお世話だったのかな。

顔が恐ろしく怖いんですが。

「今の、お前か？」

「は、はい！　すみません余計なお世話でしたよね！」

その団員は、私が今まで交流した事のないタイプの男性だった。

具体的な例を出せば、夜のコンビニの前で、集団でたむろして喋っていそうなタイプだ。

正直怖い。

鎧がなければノエルさんの後ろに避難していただろう。

しかし——。

「すげーじゃねぇか！　なんだ今の！　いやぁ助かった助かった！」

「雷？　うっわ、本当にそんな属性あったんだ。ちょっと感動！」

一瞬にして破顔する団員さん。

二人は私の左右に位置取り、私は両側から肩を掴まれる事になった。

なんなの。挨拶《あいさつ》なのかこれは。

「悪かったな、えっとリンゾウ？　だったか。お前、本当にガルラ火山攻略のため手伝いに来たのか？」

「当たり前じゃないですか」

私の言葉に、彼らは顔を見合わせて気が抜けたような笑みを零した。

「なぁんだ、監視されてんのかと思ったぞ」

「そうそう。前を歩く貴族様たちだって、俺たちの事怪しんでるのにさ。第一騎士団から来たって、どう考えても俺たちの監視だって思うじゃん」

「平民出の奴から離反者が出た。んならよぉ、第三騎士団にいる平民出の俺たちも同じような事するんじゃねぇかって、怪しまれてるだろーしな」

「ていうか、犯人はアイツだっていうけど、アイツは優しい奴だからきっと何か事情があるに違いないんだよ」

「そうだそうだ。貴族様たちはそれがわかっちゃいねぇ！」

驚いた。一気に気を許してくれた感がある。

彼を守った事で敵ではないと認識されたのだろうか。

なんにせよ、怒っていたのではなくて良かった。

第三騎士団は、貴族ばかりで固められた第一騎士団とは違い、平民出身の者も数多く在籍していると聞く。

普段は同じ騎士団に所属し、協力し合っている仲間。

しかし、今回のようなトラブルに見舞われ疑心暗鬼渦巻く中では、出自の差というものは、こうも分裂を引き起こしてしまうものなのか。

ジークフリードさんに聞いたことがある。

第三騎士団の団員は貴族と平民が入り交じっているため、価値観の違いからたまに衝突がおこる。

しかし彼らは憎まれ口を叩きながらも、実際はそこそこ仲が良い、と。

ライフォードとハロルドに近い、とも言っていた。

確かにライフォードさんとハロルドさんはよく口喧嘩《くちげんか》をしているが、根底には信頼による気安さがあるように思える。

だったら彼らだって、本来は――。

「貴族の人たちが、そう言ってきたんですか？」

「いや……直接は言われてない」

「でもよぉ、態度で分かるんだよ。態度で。どう考えても俺たちを怪しんでるって」

なるほど。そういう理由か。ならば、やはり自らの想像で架空の敵を作ってしまっている可能性がある。

自分は嫌われているんじゃないか――そう思うと、相手のどんな仕草も悪意を持って見てしまう。被害妄想だと一言で片づけるのは簡単だ。

しかし一度芽吹いた疑惑の根は、そう簡単に摘み取れない。

こういう場合、本音で話し合うのが一番なのだけれど。通常の方法では難しいだろう。

私に出来る事――少し強引になってしまうが、打てない手がないわけではない。部外者であり、無邪気な少年と認識されているからこそ出来る方法だ。

そうと決まれば、まず裏付けだ。

私の考えが合っているのかどうか、確かめないとね。

「分かりました！　じゃあ僕、ちょっとあの人たちに本当かどうか聞いてきますね」

「はぁ⁉　ちょ、おい、リンゾウ⁉」

ガッシャンガッシャンと鎧を揺らしながら、私は前を歩く貴族様たちに近づく。

ヤンキー団員さんたちと違って、歩き方から騎士服の着こなし方まで全てに品がある。さすが貴族さまだ。

同じタイプが集まっている第一騎士団と違って、こうもタイプの違う団員たちをまとめ上げるのは至難の業《わざ》だろう。

ジークフリードさんは凄い。

「すみません」

「うわぁ！　……あ、なんだ。人か。というか、あれか。第一騎士団から協力に来たっていう。びっくりした」

「ホントに目立つ格好をしているなぁ。で、何かな？　僕たちになにか用かい？」

まぁ、驚きますよね。こんな格好では。

私が声を掛けた男性は、雰囲気だけで言うとライフォードさんに近いタイプだった。

彼ほどキラキラと輝くアイドル王子様のようなオーラは纏っていないが、それでも出自の良さは仕草や表情など至るところから感じ取れる。

私は手短に、今回の事件のあらましは理解している事を説明し、そして貴族出身の方が平民出の方を怪しんでいるのではないか、と尋ねた。

「は？　僕たちが平民を怪しんでる？　なんで？」

「確かに防炎の薬瓶を割ったのは第三騎士団の団員で、平民出の人間だよ。だからって平民全員を怪しむなんて、するわけないだろう。どんだけ僕たちの視野が狭いと思ってるんだ」

「ああ。さすがに失礼だぞ」

「最近、妙に睨んでくるから、ちょっと腹立たしいけどね。本当、なんなんだよアイツら」

気分が悪い――声に出さなくとも表情が物語っていた。

良かった。やはりそうか。

犯人を取り調べているのは第一騎士団。そこから出向しているリンゾウに、平民出を庇《かば》うような嘘をついたところで旨味など何もない。彼らは本心を語っている。

これは疑心暗鬼による些細な行き違いだ。

彼らは一つ川を挟んだ向こう岸から、お互い睨み合っているようなもの。

ならば、やる事は一つ。

橋を掛けてやればいい。

私は微笑んで――鎧を被っているから表情なんて分からないだろうけど――後ろを歩いている団員たちを指差した。

「いえ僕ではなく、ご本人たちが。貴族様の態度がそう言っていると」

「はぁ⁉」

面白いくらい表情が歪んだ。

彼は私の隣を抜け、勢いよく後ろへ突進していく。予想通り。行動力のある人で良かった。なければないで、対応策は考えていたけれどね。

まぁ、スムーズに進むのが一番だ。

「おい！　ちょっとお前たち！　僕たちがお前たち平民を怪しんでるって、本気で思っているのか⁉」

「リンゾウの野郎……！」

目を見開いて私を睨んでくる。当たり前だ。

分かっていたけれど、やはり怖いものは怖いので目を逸らした。

「くそっ！　ああ、そうだよ！　隠したって態度から滲み出てんだよ！　どうせ俺たちが足を引っ張るんじゃねぇかって、警戒してんだろうが！」

「ふざけんな！　普段と違って警戒してんのは薬が足りてないからだ！　お前の脳味噌の方も足りてないけどな！　考えたらわかるだろうが！」

「はぁああああ⁉　俺はちゃんと聞いたんだぞ、お前が『やったのが彼なら、仕方ないかもしれない』って言ってんの！　どうせ平民の出だからやったんだろうって思ってんだろ！　山に行きたくなかったんだろうなっつってよぉ！」

「ああ言った。彼はとても家族思いで優しいから、そこをつかれたら崩される可能性もあるって話だ！　第一騎士団の兄から泣いて謝っていると聞かされていたからな。よく確認もせずに想像だけで言えたもんだな！　最近睨んでくると思っていたらそれのせいか、この馬鹿！」

「仕方ねぇだろ！　それだったらそう言えよ！　睨んで悪かったと思うじゃねぇか！」

怒鳴り合っているのに、不思議と仲が悪いようには聞こえない。

だって、よくよく会話を聞いていれば、お互いの不満を上手く相手にぶつけ、それを「違う」と言い合っているに過ぎないのだから。

彼らに圧倒的に足りなかったものは会話だ。

でも無理やり引き合わせて「さぁ、話し合ってください」と言っても、凝り固まった思考では「話す事なんてない」で終わってしまう可能性がある。

そこで怒りの感情を利用させてもらった。

怒気で全ての本音を引き出せるとは思わないが、建前くらいは取っ払ってくれたはずだ。

人が怒鳴る時、大まかに分けて二タイプあると思う。

一つが相手の話など聞かず、ただ自分の意見だけを押しつけてくる人。もう一つが、相手の意見も理解しつつ、自分の考えを述べてくる人。

後者は幾分か理性的だ。

元の世界でこういった人々の対応に馴れていたため、少し話せば相手がどっちのタイプか分かる。

今回は二人とも後者だったので、強引な手段に出られたのだ。

賭けの色合いが少々強かったかもしれないが、良い方向に転がったと思う。

私は何食わぬ顔でノエルさんの隣に戻った。

「リンゾウ君……これ、どう収拾《しゅうしゅう》つけたら……。団長の手間は取らせたくないのに……」

「ノエルさん心配し過ぎです。今の会話を聞いていたら、もう大丈夫だって分かりますよ」

頭を抱えてうつむくノエルさん。

副団長としては胃の痛い光景なのだろう。

心の中ですみません、と謝っておく。

「そろそろ解決しそうです」

私が声を掛けると、「解決？」と不安そうに顔を上げた。

「大体、アイツは俺たちを裏切るようなことはしねぇ！　理由があったに決まってんだろ！」

「そんな事くらい僕たちもよく分かってる！　彼は優しい奴だ。僕だって、何度も何度も彼に助けられている！　そんな事、身に染みてわかってる！」

「んだよ、それ！　俺が馬鹿みてぇじゃねぇか！」

「だから馬鹿だって最初に言っただろうが、この馬鹿！」

はぁはぁと肩で息をしながら、二人は一度黙る。

手の甲で口を押さえ大きく息を吐きだした後、彼らは呆れたように笑いあった。

「はぁ、何やってたんだろうなぁ」

「こんな時だからこそ、協力しなきゃいけないのにね」

「とりあえず、王都に帰ったらアイツが馬鹿やった理由を突き止める」

「ああ。それから犯人を見つけて突き出す。僕たち第三騎士団をコケにした事、絶対後悔させてやるから」

貴族さんが右手を差し出す。ヤンキー団員さんは右手を大きくふり被って、差し出された手を握った。パァンと小気味良い音が鳴る。

まるでハイタッチだ。

ミッションコンプリート。

小さな一歩だけれど、ほんの少しでも騎士団の雰囲気が良くなるといいな。――なんて思っていると、彼らは同時に私の方を見た。

「おい、リンゾウもこっちへ来いよ」

「君、これが狙いだったんだろう？　全く、子供なのに随分と策士だね。さすがライフォード様のお気に入り、という事かな」

「マジかよ」

「お前はむしろもっと考えろよ……」

二人は私に向かって腕を差し出す。

どうやら貴族さんには全てバレてしまったようだ。

私は「すみませんでしたー！」と叫びながら二人に近づいた。

辿り着くなり、ぐりぐりと頭を押さえられる。それはあまりに乱暴な手つきだったため、撫でられているという事に気付くまで数秒を要した。

後々わかった事だが、平民出の方がヤンキー――じゃなくて、ヤンさん。

貴族の方がアランさん。

二人ともジークフリードさんとノエルさんを除いて、第三騎士団における平民代表、貴族代表のような立場だったらしい。

おかげでガルラ火山の麓についた頃には、団員たちの雰囲気は随分と穏やかなものに変わっていた。

先頭を歩いていたため、最後尾の騒動を知らなかったジークフリードさんは、不思議そうにノエルさんを見る。

彼は苦笑しながら私の肩を叩いた。


「……あ。ちゃんと届いた」

私が山に辿り着いたと分かったのだろう。腰に提げた空のドリンクボトルへ全力バージョンの特製ドリンクが補充される。

まだ木々の姿があるとはいえ、地面からは小さな炎が立ち昇っていた。

鎧を着ている身には辛い。

私は口の部分をスライドさせ、開いた所からドリンクを捻じ込む。飲み干すと、身体全体に防炎の膜が張られ、鎧を着ていても快適な温度になった。

これから特製ドリンクが二時間置きに届く手筈《てはず》となっている。ハロルドさんからの支援だ。あまり無理はしてほしくないけれど、どうしてもと言われて断れなかった。

更に私の腕にはブレスレットがはまっている。

マル君の本来の姿――巨大な狼の毛を編み込んで作られたものらしい。

これが目印となって、私の居場所は完璧に把握されていた。

なんと高さもわかるらしい。

ＧＰＳか。

影のある場所ならば全て彼のテリトリー。よって私がガルラ火山へ入山すると同時に、それがマル君からハロルドさんへ伝わり、ドリンクの補充が行われたのだ。

影の中を移動できる魔族。凄く便利な能力だと思う。

ただ影を使って食料などを移動すると、瘴気《しょうき》にまみれて毒になってしまうので、デリバリーには向かないらしい。移動できるのは精々魔族であるマル君のみ。

私はノエルさんの隣に立ってゆっくりと山を登り始めた。

相変わらずの最後尾だが、ヤンさん、アランさんの姿がすぐ近くにある。

自然と笑みが漏れた。

ちょっとは認めてもらえたって事だよね。

「それにしても、彼らの性格をよく見極めないと出来ない和解策だったけど、確証はあったのかな？」

「七割から八割、です」

「ふむ。結構高い。初対面だったろう？」

ノエルさんは顎《あご》に手を置き、考えるように首を傾けた。

全てつつがなく上手くいったとしても、結果論には違いない。下手をすると、ジークフリードさんの手を煩《わずら》わせる羽目になっていた可能性もある。

さすが副団長様。手放しで褒めるわけにはいかないらしい。

ヤンさん、アランさんとの会話から、強引にいっても大丈夫だと確証が持てたけれど、それは結局のところ後押しに他ならない。一番の理由は――。

「だって、ジークフリード様の部下ですよ。任務中に乱闘騒ぎなんて起こさないでしょう？」

「リンゾウ君……」

ノエルさんは拳を胸において、小さく頭を下げた。

「これは副団長としてではなく、僕個人からの礼です。ありがとう。君のおかげでこの遠征にも希望が見えた。――それにしても団長の事、本当に信頼しているんだね」

「はい！　それはもちろん！」

「満面の笑みが見えそうなくらい、元気な声だ。どう？　うちの団長がそんなに好きなら、いっそのこと第三騎士団に乗り換えてみる？」

「の、乗り換え⁉」

どうしてそうなった。

ジークフリードさんに対する賞賛の言葉ならば湯水のように湧いて出るけれど、まだそれほど出していないはず。第一騎士団のリンゾウが、ジークフリードさん推しってやっぱりおかしいですか。おかしいですか。

私が挙動不審ぎみにぷるぷる震えていると、ノエルさんは「冗談だよ。ライフォード様には内緒にしておこうね」と、悪戯《いたずら》っぽく微笑んだ。

＊＊＊＊＊＊

「うへぁー……」

言葉にならない声を出して、私は近場の岩壁に背中を預けた。

普段、過度な運動をしていない身に登山はキツイ。

ドリンクで防炎効果と同時に体力を回復していてもこうなのだ。まだまだ余裕といった風なノエルさんたちは、さすが騎士団員さんだ。

鍛え方が違う。

帰ったらハロルドさんにお礼を言っておこう。

ドリンクなしでは、ただのお荷物になっていた。

「リンゾウ君は手伝い……は出来なさそうだね。少し休むと良いよ」

「すみません。ありがとうございますぅ……」

疲れた。

私はパタリと身体を横たえると休息モードに入った。

もうすぐ日没だ。明るいうちに野営地を確保しておかなければならない。

火口近くでは夜でも絶えず炎が燃え盛っているが、中腹にも至っていないこの場所では立ち昇る炎は弱火になっていた。ドリンクがなくとも過ごしやすい気温だ。

夜に山を登れたら最高なんだけれど、問題なく休息がとれる温度になるのが夜しかなく、体力の面を考えてこの時間は休むしかない。

「はい。今日の夜食。美味しくはないけど、ちゃんと食べておかないとね」

「ありがとうございます」

ノエルさんから手の平に収まるくらいの固形物を貰って口に入れる。昼間も食べたけれど、確かに美味しくない。

色々な材料を細切れにし、つなぎを足して練り固めた後、直火で焼いたような味だ。うん。体力が回復するのは分かるけれど、噛みしめるたび自然と無表情になっていく。

ライフォードさんが顔を逸らす気持ちが分かるわ。

なんとも言葉に詰まる食べ物だ。

「ノエル」

頭上から声が落ちてきた。ジークフリードさんである。

私は夕食の残りを口の中に放り込むと、居住まいを正した。もちろん、いの一番に鎧の口部分は下げる。開けたまま喋ってしまえばリンの声が出てしまうからね。

「俺は少し見回ってから休む。先に眠ってくれ。後は任せたぞ」

「はい、団長」

ノエルさんの返事に軽く微笑んで、ジークフリードさんは去っていった。

もう夜になるというのに、どこへ行く気なのだろう。

見回りと言ったけれど、普通団長が一人でするものなのかな。

「あの、ノエルさん」

「団長が気になる？」

さすがノエルさん。私の考えなどお見通しのようだ。

下手に言い訳をしても仕方がない。

私は素直に頷いた。

「仕方ない。実は僕も気になっていたんだけど、団員を任されているからね。リンゾウ君、お願いできる？　団長ってば、無茶しがちだから」

「はい。分かっています！」

気を付けて、というノエルさんの言葉を背中に受けて、私は走り出す。

適度な休息と夕食のおかげで私の体力は十全に回復していた。恐らく体力のマックス値が低いためだ。すぐに回復するが減りも早い。

しばらくすると、ジークフリードさんの後ろ姿が見えた。休息地から遠いわけではないが、団員の姿が見えない程度には離れている。

何をするのだろう。

私は岩陰に隠れて様子を覗き見る。

彼は地面に手を置くと詠唱《えいしょう》を始めた。足元に魔法陣が広がる。

「――防《ス》ぐは炎《ヴ》、鎮《ェ》めるは光《ル》」

詠唱終了と共にそこから溢れ出た魔力は、ジークフリードさんの真上に集まった。

赤や黄、オレンジといった光は混ざり合い、発光する球体となって空に浮遊――後にくるりと一回転して休息地の方へ飛んでいった。

何の魔法だろう。

私はその光の玉を追って休息地が見える位置にまで引き返す。

球体は休息地の中心部にまで到達すると、ぶくぶくと膨張して弾け飛んだ。

薄いベールに覆われるかのように、周囲に広がっていく光の波。しかし頭上高くで行われているため、誰一人として気付いた様子はない。

「これは……?」

「結界だ。寝込みを襲われてはたまらないからな。先に言っておくが、この程度の魔力消費ならば問題ないぞ」

「ひぇ！」

振り向いたらすぐ傍にジークフリードさんの姿があった。

私がいる事に動じた様子もなく、半ば諦め顔で眉間には少し皺が寄っている。気付かれていたらしい。休んでいろと言われたにも拘《かか》わらず後を追ってきた事、怒っているのかな。

私は「すみませんっ」と口を開きかけたが――しかしジークフリードさんの言葉に遮られた。

「リンゾウ君、先に謝っておく。俺の予想が外れていたらすまない」

「え」

どうしてジークフリードさんが謝るのだろう。

ぼんやりと彼の顔を見上げていると急に視界が開けた。

夜風によって揺れる真っ赤な髪も、細められた赤褐色の瞳も、全てが何の隔たりもなく視界に飛びこんでくる。「あれ？」と呟いた声は甲高《かんだか》く、普段の私のものだった。

もしかして。もしかしなくとも、鎧を剥ぎ取られてしまったのか。

私はジークフリードさんの手の中にある物を確認するや否《いな》や、素早く距離を取った。

これは絶対怒られる。

いくら優しいジークフリードさんでも「俺を心配してくれたんだな」とはならない。この人はそんな脳味噌お花畑ではない。どうしよう。

「……——リン」

怒ればいいのか、困ればいいのか。

何とも形容しがたい表情で、私を見下ろしているジークフリードさん。

「な、なな、ん、なんで……どうしてバレたんですか⁉　だって確かに鎧はおかしいかもしれませんが、それ以外はびっくりするくらい誤魔化せていたと思うんですけど！」

「誤魔化せていた？　ああ、確かに最初の方は騙された。だが歩き方、体の動かし方、話す時のクセ、言葉の選び方。どれをとっても君以外の何物でもなかったから混乱したぞ！　まさか本当に本人だとはな！」

「え、なに。からだのうごかし……え？」

「――あ。ちょ、待て。待て。待とう！　今のはいったん忘れてくれ！」

片手で口元を押さえ、もう片方の手で制止のポーズをとる。

待ちますよ。待ちますけれど、体の動かし方や言葉の選び方って。そんなもので私だと分かるものなのか。

それじゃあもう誤魔化しようがないじゃない。染みついた習性でバレるだなんて、想定外にもほどがある。

ジークフリードさん凄すぎませんか。

「人の癖すべて把握しているんですか？　そんなの、太刀打《たちう》ちできません……」

「いや違う。君以外だったら分からなかった。俺が普段から君をよく見ているから分かった事であって――って、何を言っているんだ俺は！」

手の甲で顔を覆い、ふいと顔を逸らすジークフリードさん。しかし、表情が見えなくとも耳まで赤いので照れていると分かった。

すみません。こんな状況だというのに私の推し、素敵過ぎませんか。尊《とうと》いメーターが振り切れそうだ。なぜこの世界にカメラはないの。

「……引いたか？　引いただろう？」

「いえ！　まさか！」

「気遣ってくれなくて良い。俺も自分自身にドン引きだ。何だ体の動かし方って言葉の選び方って。俺はどれだけ普段から君を見ていたんだ」

「す、すみません、ご心配ばかりおかけして……」

つまりこういう事か。

ジークフリードさんは私の護衛担当。普段から少し無茶をするきらいがある私を注意して見ていたら癖を覚えてしまった、と。

最初から詰みでしょう。

これじゃあどんだけ上手く変装しても絶対にバレてしまうじゃない。

ジークフリードさんは目を数回瞬かせて「リンがリンで良かったと思う」と、謎な台詞《せりふ》を零した。

「ともかく向こうで話をしよう。あいつらに見つかったら色々と面倒だからな」

「……はい」

これはお説教コースというやつでしょうか。

ともかく、帰らされないよう全力で抵抗しなければ。

私は渋々彼の後ろをついていくのだった。

「さて、俺の言いたい事は分かるな？」

休息地が視界に映らなくなった辺りで足を止め、ジークフリードさんは振り返った。

この場所だけ炎の勢いが強い。

立ち上った柱は全身にぼんやりとしたオレンジ色を纏わせる。

暖かみのある色だが、背負っている人物が人物なので和やかな雰囲気とはいかない。正直怖い。

暗闇の方がまだマシだったわ。

「はい。でも私は絶対に帰りません」

大丈夫だと自分に言い聞かせ、きっぱりと言い切る。

中腹まで隠し通す予定が少々早まってしまっただけ。ジークフリードさんの事だ。私を一人で下山させるような事はしない。必然的に誰か護衛を付ける羽目になる。

人手が足りないこの状況下で、そんな愚策を提案してくるとは思えない。

そもそも、私がここにいる理由だって頭の良いジークフリードさんなら察しがついているはず。

「帰そうにも帰せない。君の事だから分かって言っているんだろう？　全く、つくづくこうと決めたら譲らないな。豪胆《ごうたん》なのか、頑固なのか。こちらの退路を断つための変装までして、本当にタチが悪い」

ジークフリードさんはイライラしたように髪をかき上げた。

呆れられただろうか。嫌われてしまっただろうか。

彼からしたら仕事が増えたようなものだものね。これ以上心労を溜めたくない時に、心配事の塊が現れたのだから。

それでも、私は――。

「ここまで来てしまったのなら仕方がないだろう。君は俺が責任を持って守るから、大人しくしていてくれ。転移魔法陣もこちらへ渡す事。いいな？」

「嫌です」

「……リン？」

「身を守る術《すべ》くらい学んできましたし、ドリンクのデリバリーは私に依頼された私の仕事です。魔力量ならハロルドさんのお墨付きです。大丈夫です。――だから……だから！　貴方に呆れられても！　貴方に、き、嫌われても！　じっとはしていられません！　こちらで何があろうと私の責任！　全て私の意志です！　私を使ってください！」

最後までジークフリードさんの目を見て言えただけでも、褒めてほしいくらいだ。彼から冷ややかな視線を浴びせられたら、それだけで致死ダメージを受ける。

驚きに見開かれた赤褐色の瞳が、どう変化するかなんて観察する勇気もなく、私はぎゅっと握り拳をつくってうつむいた。

「泣きそうな顔で言われてもな」

「そんな顔、していません……」

ノエルさんは「少しでも戦力が増えて助かる」と言っていた。

私のような半端な魔法でも補助くらいならばできる。ジークフリードさんだって、ノエルさんから報告を受けて知っているはずだ。

それに、ドリンクを騎士団の皆さんに行き渡らせる任務は、絶対に遂行させなければならない。ジークフリードさんの魔力は温存しておくべきであり、転移魔法陣に注ぐ役は私で充分だ。

私を利用できると分かっているのなら、余すことなく使ってほしい。

お荷物は嫌だ。

「リン。俺が君を嫌いになる事はない。だが、君の言い分を聞き入れる事もできない。俺は君にほんの少しも傷をつけたくないんだ。言う事を聞いてくれ」

どうしようもなく優しい声色に、本当に泣いてしまいそうになった。

「だったらどうして、私も同じだって考えないんですか。私だって貴方に傷ついてほしくない。仕事柄無理なのは分かっています。でも、だったら、少しでも傷つかないよう、お手伝いくらいさせてくださいよ……」

顔を上げることが出来ないまま、声を絞り出す。

私の前髪をかき分けて、ジークフリードさんの指先が頬に当たった。

「俺は、自分の命を誰かのために使えて本望だ。でも君は違う。俺のためなんかに、捨てていいものじゃない」

何を言っているんだろう。

私を諦めさせるための嘘だとしてもタチが悪い。

ジークフリードさんは騎士団の団長とはいえ公爵家の人間。簡単に命を使うなんて言える立場の人ではないはずだ。

それこそ、私の命などとは比べようもないくらい。

私は恐る恐る顔を上げた。

夜の匂いが濃くなり、火柱の勢いも収まってきている。

周囲を照らすのは月光。落ちてきそうな満天の星空の下、枯れる寸前の蕾《つぼみ》が必死に花咲かせるように、寂しげで温かな笑顔がそこにはあった。

乾いた笑いが漏れる。

本気だ。

本気で言っているのだ、この人は。

だから自分に負荷がかかる無茶だって平気でする。

「な、んですか、それ。なんなんですか。それじゃあ自分の命なんて捨てて良いって言っているみたいじゃないですか！　取り消してください！　いくらジークフリードさんがイケメンでかっこよくて優しくて外見も中身も完璧超人だったとしても言って良い事と悪い事がありますｊ!!」

怒りと同時に本音が駄々漏れになる。

もう恥も外聞もすべて捨てている気がするが、心の奥底から湧き上がってくる言葉は、止めようがなかった。

「褒めているのか⁉」

「半分くらいは!!」

「開き直ったな⁉」

「いいじゃないですか！　ついでに褒めちゃ悪いんですか⁉」

「悪くはない！　むしろ嬉しい！」

「そうですよね⁉　こんな時に何を言っているんだって――――え？　ええ？　あ、いえ……あ、ありがとうございます……？」

逆切れしている自覚はあった。

普段なら「今言うべき事ではない」くらいのお小言が飛んできそうなものだ。しかし一段と大きな声で「嬉しい！」と言い切られて、私は自然とお礼を返していた。

ジークフリードさんは片手で顔を覆い、うつむいている。

私も失言だらけだったけれど、今日の彼も相当だ。

大丈夫かしら。

ジークフリードさんは物事をよく考えてから話す人だと思う。

私は思いついた言葉をつい口に乗せてしまいがちだけれど、彼は一度呑み込んでから内容を吟味し、適切な言葉を選んで話す。よって、彼の話は分かりやすいのだ。

感情的になったとしても、あくまで冷静さは失われていなかった。しかし、これはどういう事だろう。たとえるなら頭が回っていないような。

――ん？　頭が回っていない？

「ジークフリードさん、実はすっごく疲れていませんか？」

「……大丈夫だ」

「今の間！　っていうか絶対大丈夫じゃないでしょう！」

そうだ。私は失念していた。

薬が足りない状態で、ガルラ火山へ挑まなければいけない。それは山に登る段階だけが大変なわけではない。

薬がある前提で進めていた準備は全て白紙に戻り、配分などを一から決め直さなければいけない事。持てるツテを全て使って、近隣から防炎の薬をかき集める事。ガルラ火山への遠征の出立日を延ばせないかと上にかけあう事。

――全て。全て、自分の責任だと背負いこんで、ギリギリまで頑張っていたはずだ。

疲れていないはずないじゃない。

どうしてそこまで考えが回らなかったの、私は。

山で無茶をしなければいい、だなんて。そんな簡単な話ではなかった。

「私に説教できる立場ですか。強制的に休んでもらいますからね」

「――リン、俺は大丈夫だと」

「駄目です！」

恥ずかしそうに上目づかいで訴えかけられるが、毅然とした態度で首を振る。

今日の私はいつもと違います。

そう簡単に懐柔《かいじゅう》できると思わないでほしい。

私とジークフリードさんは見つめあったまま硬直する。どちらも口を開かない。言葉を紡《つむ》いだとして無駄だと分かっているからだ。

お互い絶対に譲らない。

何かきっかけがない限り――。

「僕も団長が休むのに賛成です」

「へ？」

突然投げかけられた言葉。

振り向くと、岩陰からノエルさんが顔を出した。律儀に右手を上げ、涼しげな顔で「これで二対一になりましたね、団長」と微笑んでいた。

「ノエル、お前いつからそこに？」

「団長が大声で嬉しいと叫んでいる辺りから、ですかね？」

「よりにもよってそこか……」

どうやら私とジークフリードさんの帰りが遅いので、心配になって迎えに来たらしい。

今、騎士団の方はヤンさん、アランさんが見張りを担当している。といっても起きているのは彼ら二人だけ。今朝まで不穏な空気に包まれていた事もあり、皆疲れてすぐに寝入ってしまったそうだ。

「リンゾウ君がリンゾウさんだったのには驚きましたが、それ以上に団長の様子が普段とあまりに違うので、ついつい声をかけ損ねました」

リンゾウではなく、リンなのですが。

まぁ、些細な事だ。置いておこう。

すみませんと謝るノエルさんの表情に、反省の色は見られなかった。なかなか強《したた》かな人である。

彼を味方に付ければジークフリードさんを強制的に休ませられるかもしれない。

ノエルさんを見ると、彼は小さく頷いた。

共闘オッケーと受け取って良いのかな。

「団長が途中でダウンすると、団が総崩れになってしまいます。わかっていますよね？」

「……いや、余力は残しておくつもりだが」

「ギリギリ大丈夫はアウトです。では、団長はきっちり休んでもらう方向で。しかし、ずっと僕とリンゾウさんが見張りをするのは難しいですから、分担しましょう。前半が僕とリンゾウさん。後半が団長、という形でよろしいですか？」

「待て待て待て。何を勝手に決めている。しれっとリンまで巻き込むな」

「駄目でしたか？」

「いいえ、任されました！」

ジークフリードさんの手から鎧を奪い返し、さっと被る。

騎士団は基本男性の職場。

ジークフリードさんやノエルさんにバレてしまったとはいえ、今まで通りリンゾウでいる方が良いと判断した。

第三騎士団の皆さんを信用していないわけではないが、無用な混乱は避けるべきだろう。せっかく雰囲気が和《やわ》らいだのに、別の心配事を追加させてしまっては申し訳ない。

「はい、決定ですね。さっさと休みましょう。あ、ご安心ください。リンゾウ君だろうが、リンゾウさんだろうが、あれほど覚悟を持ってここに来られたのです。今まで通り第三騎士団の一員として節度を持った対応をさせていただきます」

お任せください、と微笑むノエルさん。

優しげであるのに妙な強制力がある。

今のジークフリードさんは頭が回っていない状態なので、このまま問題なく言い包《くる》められそうだ。自分の失態を部下に見られたという羞恥心《しゅうちしん》も相まって、彼の表情は諦めの色が浮かんでいる。

策士だな、副団長さまは。

私が覚悟をもってここに来た、と分かるのは嬉しい発言よりももっと前だ。ジークフリードさんを混乱させる意味も込めて、わざとあの場所から聞いていたと嘘をついたのだろう。

ナイスファインプレーです、ノエルさん。

「では、野営地に戻りましょう」

「リン、分かっていると思うが」

「ええ、酷《ひど》い無茶はしません。もちろん、ジークフリードさんもですよ?」

「分かった。どうにも君には勝てないな」

よし、折れてくれた。

二対一でも勝ちは勝ちです。

ジークフリードさんは苦笑を湛えた表情で、私が差し出した手を握る。

鎧を着ていて良かった。肌の温度を直接感じないからか、いつもより強気に出られる。私は逃がすまいと彼の手をぎゅっと握った。

もっとも、後方はノエルさんが固めているので逃げ場はないのだけれど。

野営地に戻ると、舟を漕ぐヤンさんの頭をアランさんがスパーンと小気味良く叩いている場面だった。

本人たちは強く否定するかもしれないが、仲の良い二人の様子が見られてほっとする。気安くないと出来ない事だものね。

私たちは彼らに事情を話し、見張り役の交代を申し出た。

ヤンさんは「ん。りょーかいりょーかい。リンゾウ、きばれよぉ。あんがいツレぇからなぁ、これ」とフラフラとした足取りで岩壁にまで辿り着くと、糸が切れた操り人形の如く、べちゃっと倒れてそのまま眠りはじめた。

よほど疲れていたのだろう。

アランさんはヤンさんの姿をため息とともに見つめ「では僕も。……団長、いつも見張りをしていただいてありがとうございました。今日は少しでもお休みください」と軽く頭を下げてから開いているスペースを確保し、横になった。

「では、お前たちに甘えて俺も少し眠らせてもらおう。時間になったら起こしてくれ。――その、大変だとは思うが」

「ええ、承知の上です。気にせず休んでください」

「君がいると話が早くて助かる。何かあったらまずノエルを頼れ。恥ずかしながら、俺は後回しの方が上手く回るだろう」

ジークフリードさんは申し訳なさそうに眉を寄せて、私の隣に身体を横たえた。

君がいると助かる、だなんて。頼られているようで、とても嬉しい。

私は緩む頬を抑えきれず、表情筋が馬鹿になったまましばらく過ごした。鎧を着ていなければ、だらしない表情を見られていただろう。鎧様様《さまさま》だ。

「団長、眠れないのですか？」

「ん？　ああ、すまない。やはり気になるか」

寝心地の良い向きを探してゴロゴロと寝返りを打つジークフリードさん。

床やソファで寝る事はあっても、地面に直接横になる事はなかったため、どうにも寝心地が悪いらしい。

布団の上と固い地面の上とでは雲泥《うんでい》の差があるものね。

元々遠征先で眠る事がなかった事もあり、なかなか寝付けないようだ。

早く休んでもらいたいのだけれど。

「あ、そうだ。柔らかくないので申し訳ないのですが、よければ使いますか？」

太ももを叩いて差し出す。

あまり肉付きが良いとは言い切れない足だが、ないよりはましだろう。鎧は腰までなので、固めの枕代わりにはなるはずだ。

「――――ッ、え、あ、いや、……いいのか？」

「もちろんです」

遠慮がちに私の太ももに頭をのせる。

衣服越しなので髪の毛がチクチクするだとか、そういった事はないのだけれど、ジークフリードさんの頭がのっていると思うと、自然と心臓の鼓動が早くなってしまう。

もしかして私、恥ずかしい提案をしてしまったのでは。

しかし、羞恥心さえ捨ててしまえば、これほど贅沢《ぜいたく》な状況はないように思えた。だって、推しの寝顔を間近で独り占めできるのだ。

別の意味で胸が高鳴ってくる。

芯の強そうな髪がさらりと頬を滑り、きめ細やかな白い肌は立ち昇る火柱によって、ほんのりと赤く染め上げられる。凛とした赤褐色の瞳は瞼《まぶた》に隠され、長い睫毛《まつげ》が影を落とす。

素晴らしい。パーフェクトだわ。

もう一種の芸術だと思う。

元々好みの顔立ちをしていたが、こうやってまじまじと見つめる機会は滅多になかったため、自制が利《き》かなくなっている。

何せ見つめるという事は、見つめられるという事に等しい。ジークフリードさんの視線を受けて平常心でいられるほど、強い心臓ではないのだ。

「そう見つめられると、眠れないのだが……」

「す、すみません」

恥ずかしそうに上目遣いで抗議される。

しまった。気付かれていた。鎧越しにじっと見つめられると、さすがに圧迫感があるものね。彼が完全に眠るまでは自重しよう。

私は出来るだけジークフリードさんを意識しないよう努め、ノエルさんと小声で会話をする事にした。ガルラ火山の事。これまで行ってきた遠征の事。防炎の薬瓶が割られた事。犯人とされる第三騎士団の団員の事。――あとは他愛《たわい》ない世間話などもした。

時間が経つのは早い。

気付けばジークフリードさんはすやすやと可愛らしい寝息を立てていた。頬を突いても起きない事から、ぐっすりと寝入っているようだ。

良かった、これで少しは疲れが取れるだろう。

「うーん、眼福《がんぷく》。最高ですね」

「ははは、団長は凄い美形だからね」

ノエルさんの言葉に深く頷く。

取り繕っても仕方がない。

「リンゾウ君、もし疲れているのなら先に休んでも良いよ。なんだかんだ君に頼りっぱなしになっているし。――ああ、でも団長が起きてからの方が安心か。一応僕も男だし」

「お心遣いありがとうございます。でも大丈夫ですよ。まだいけます。それに、いざとなったら痺れさせるんで問題ないありません」

「そうだった。それは勘弁願いたいな。もっとも、貴女に手を出すなんて恐ろしくて出来ないけれどね」

ノエルさんは心底愉快そうに笑った。

「ふふ、団長もちゃんと男だったんだなぁ」

「この鍛え抜かれた筋肉に、男前寄りの美形ですよ。男性以外の何物でもないと思いますけど……」

「本気？　うわ、本気の目だ。団長も大変だな、これは」

どういう意味かしら。

首を傾げる私にノエルさんは「僕が口を出すことじゃないから」と言って、強制的に話題を中断させられた。

「さて。もうすぐ交代の時間かな」

「ああ、ついに。はい、頑張りましょうね」

「うん、この遠征。必ず成功させよう」

そういう意味で言ったのではないのだけれど。まぁいいか。完全な間違いでもなし。遠征は必ず成功させなければならない。

私はとりあえず頷いておいた。

私の言葉の真意をノエルさんが理解したのは、ジークフリードさんと見張りを交代する時だった。

「だ、ん、ちょ、う！　いい加減目を覚ましてください！」

「ノエルさん静かに。皆さんが起きます」

「ご、ごめん」

二人がかりで揺すって抓《つね》って、ようやく薄《うっす》らと目を開けてくれたのだけれど、安心してはいけない。気を抜けばすぐまた意識を手放してしまうのが、寝起きのジークフリードさんだ。

「団長が僕たちの前で眠らないはずだな、これは……」

「休まないでください。今を逃したら最初からです。もうライフォードさんを倣《なら》って、首根っこ掴んで叩き起こしましょう。ノエルさんファイト」

「か、過激……っていうか、やるの僕なのか。そうだよな、筋力的に」

二人であの手この手で頑張る事、数十分。やっと覚醒したジークフリードさんは、私たち相手に深々と頭を下げた。

＊　＊　＊　＊　＊　＊

夜風はガルラ火山の炎に炙《あぶ》られ、ぬくもりを纏って紅の髪を揺らす。

ジークフリードは自分の隣で無防備に眠りこける二人を見て、柔らかく微笑んだ。

よくもまあ、これだけ失態を見せたにも拘わらず、離れていこうとしないものだ。

聖女が召喚され、彼女の護衛として第一騎士団が動けない今、体力の必要な遠征はほぼ第三騎士団が請け負う事になっている。

第二騎士団も動く事はあるが、あくまで彼らは魔導騎士。魔力だけは潤沢にあっても、基礎の体力が低ければ長期の遠征には耐えられない。

結局、面倒事は第三騎士団が引き受ける羽目になるのだ。

もっとも、彼らが任務に失敗した過去はない。

それもこれも、ひとえに第三騎士団団長ジークフリード・オーギュスト——彼の功績が大きいだろう。

多少無理を通してでも団員を守り、つつがなく任務を終えるため適切な指示を出す。更に、団員たちに比べて体力量の多いジークフリードは、自分の回復量を犠牲にしてでも団員を見守っていた。

そうやって、今まで全員無事に帰還できていたのだ。

もちろん彼にも限度はある。

しかしなまじ優秀だったため、今までなんの問題も起こらなかった。出来ない事はやらない。だが出来てしまう以上、それはやるべき事なのだ。

義理や義務などとは言うまい。

全ては彼の意志。

見張りなぞ楽しいものではないが、団員たちの事を思うと苦にはならなかった。彼らを守るのが団長の役目。

だから——ジークフリードは苦笑を湛えた表情で、リンゾウの鎧をそっと撫でる。

遠征先でこれほどぐっすり眠れる日が来るとは思わなかった。

「馬鹿だな、君は。俺なんかのために、こんな危険な場所にまでやってきて」

自身でも驚くほど優しい声が漏れた。

今回、ジークフリードが一人無理を通した程度で、果たして上手くいっただろうか。

分からない。答えはもう出せない。

何せ、彼女が背負っている重しを少し持っていってしまったのだから。

どうか、ひと時の幻でもいい。穏やかな夢を見ていますように。

ジークフリードは目を細めて空を見上げた。川底に砂金をぶちまけたように、静かながら力強い輝きが降ってくる。

いつからだろう。夢を見なくなったのは。

目を閉じて意識が沈むと、辿り着くのはいつだって深淵だった。

深い深い川底に落ちてしまったように、最後はゆっくりと泥の中に沈んでいく。不思議な事に、恐怖や気味の悪さなどは感じない。あるのは安心感だ。

おかげで目を覚ますのに時間がかかって仕方がない。

今日だってリンやノエルには随分と苦労をかけてしまった。どうにか克服しようと頑張ってはいるものの、残念ながら効果は表れない。それどころか年々酷くなっている気さえする。

夢を見ていた頃は、まだ今ほど起きるのが苦痛ではなかったと思う。

最後に見た日は思い出せないが、恐らく子供の頃だったはずだ。

ジークフリードの見る夢は、いつも決まっていた。

誰かの記憶を追体験しているような、そんな夢だ。といっても面白味など一切ない。

最初の人物はどこかの王族だろうか。

玉座に座り、感情の機微もなくただ臣下を見下ろしているだけ。最後は誰に看取《みと》られるでもなく、天井を見上げて終わった。

次の人物も似たようなものだった。次も。その次も。

変化が訪れたのは、何人目だったか。

男の隣には、常に美しい女性がいた。

ふんわりとした深みのある蜂蜜色の髪をなびかせて、花が綻《ほころ》んだように笑うたおやかな人。

彼女と男が出会ったのは庭園だ。一瞬、空が光り、墜ちてきたのが彼女だった。

男は慌てて着地点まで走り、既《すんで》の所でキャッチに成功する。

ギリギリであった。

『大丈夫か？　君は？　……ええと、どうすべきか』

彼女は必死に男へ話しかけるが、どうやら言語体系が違うらしく、何を言っているのかさっぱり分からない。最終的に泣きだした彼女を、男は身振り手振りで「大丈夫」だと伝え、笑顔を見せてくれるまで根気強く付き合った。

——異世界から呼び出された聖女。

伝承とは些《いささ》か異なった内容だったが、夢を重ねるにつれて確信に変わった。

なぜ自分がこんな夢を見るのか。ジークフリードには分からなかったが、今までに比べれば随分と穏やかな夢である事には違いなかったので、何も考えないようにしていた。

ジークフリードが空から降ってきたリンに対して、違和感なく聖女召喚の関係者だと受け入れたのは、この夢の影響が大きい。

黒の聖女も白の聖女も、どちらも聖女としての能力を持っている。だから召喚場所から離れた場所に出現したリンは、巻き込まれたと判断された。

夢の内容が真実だとするのならば、もしかすると——。

もっとも夢の話を語ったところで信憑性など皆無だ。

そもそも今と昔とでは、魔法も随分と進化している。ハロルドが手を加えた召喚魔法に穴があるとも思えず、よってあの時のジークフリードもリンを巻き込まれたと判断した。

周りもリン自身も巻き込まれたと思っているのならば、きっと、それで良いのだろう。

夢の中の聖女は、どれだけ国が盛大にもてなそうとも笑顔を見せる事はなかった。

男は彼女のために言葉を教え、逆に聖女の国の言葉も理解しようと努め、彼女の信頼を勝ち取っていった。

彼女の表情に明るさが灯ってきたのは、男の尽力が大きいだろう。

ただ、ジークフリードは男の感情も追体験していたので、どうにもいたたまれない気持ちになる事も多かった。

何せ男は聖女にベタ惚れだったのだ。

彼女が男の名前を呼んだ日は、勝手に記念日設定されていたし、彼女が笑うたびに心の中が「可愛い」で埋め尽くされた。

溺愛も溺愛。

顔は平静を装っていても、心の中はでろでろの甘々だった。

ジークフリードは子供ながらに「もういい加減にしろよ」と何度思った事か。

——この歳になって、少しだけ男の気持ちが分かってしまったのだが。

ジークフリードは隣で眠るリンの姿を見つめ、咳払いを零した。

後はあれだ。

元の世界に戻る術《すべ》はついぞ発見されなかったが、聖女は笑顔で男の手を取った。そうして彼らは、死が二人を分かつまで幸せに暮らしましたとさ。めでたしめでたしだ。

夢はこれで終わり——そうだったなら、気分も幾分か楽だったのだが。

後の夢は酷いものだった。

子供の頃、母親に手を引かれてどこかに連れていかれる。そこで終わり。そして、すぐに別の人間の記録になるのだが、これもまた同じようにすぐ終わる。

繰り返し繰り返し。

子供の頃は何を表しているのか分からなかったが、今ならば分かる。あれはどうしようもなく嫌な夢だった。だからきっと——あの時、自分が助かったのは奇跡に等しかったのだ。

幸運の前借りがあるのなら、ジークフリードの未来には砂粒程度の幸運も残ってはいまい。奇跡の連続によって、かろうじてこの場に立っていられるだけ。

この幸福も、いつかは終わりを迎えてしまうだろう。

予想ではなく、なぜか確信があった。

リンを元の世界には戻せないかもしれない。だから、せめて自分の命があるうちは全力で彼女を守ろうと思う。願わくは、夢の中の聖女のように、誰か愛しい人を見つけて幸せになってほしい。

そのためならば、いくらでも気持ちに蓋《ふた》をしよう。

自分ではきっと、幸せには出来ないのだから。

「ん……じ、く、ふりーどさん……」

ごろりと寝返りをうってから、マントの端を握られる。

なんの夢を見ているのだろうか。自然と口元に笑みが浮かぶ。

リンに出会って最初、夢の中の聖女に似ていると思った。

姿かたちではない。在り方が、だ。

一歩下がって相手を観察する冷静さと、いざという時は形振《なりふ》り構わず強引な行動に出るところ。

そっくりだ。——彼女が傍にいれば自然と笑みが浮かんでしまう。

たまに見ていてハラハラするが。そう言っていた夢の男の気持ちが良く分かる。

「離れていかないさ。生涯君を守ろう」

ジークフリードは周囲を見渡す。

結界が破られる気配はなく、団員たちは全員気持ち良さそうに夢の中だ。

「朝日はまだ遠い。ゆっくりお休み」

鎧の上から額にそっと口づけ、彼女の安眠を願った。

＊＊＊＊＊＊＊

レストランテ・ハロルドには、リン目当ての固定客が一定数存在する。

年齢も性別もバラバラだが、料理だけでなく彼女と会話も楽しみたいという層だ。

おかげで客数は普段より少し減って、ハロルドとマルコシアスのみでも滞りなく回っていた。

メニューを減らした事も理由の一つかもしれない。

どうにも新人と怠《なま》け者《もの》店長とでは難しいメニューがあり、リンが復活するまではこのまま簡易メニューでいく予定だ。

ハロルド自身はあまりこだわっていないが、売上が落ちたとリンが気付いたら責任を感じてしまう恐れがある。面倒だが、店の運営に関しても手を抜くべきではないだろう。

大丈夫だ。

腐っても元天才魔導騎士ハロルド・ヒューイット。やってやれない事はない。

「マル君、今日はお疲れさま。リンいないけど夕食食べる？」

「そうだな、いただこう。ただし、お前は座っていろ。俺がやる」

本日の売上レポートをハロルドに押し付け、さっさと厨房を占拠するマルコシアス。ついでとばかりに付け加えられていた紙には、今回の遠征デリバリーの請求書草案がくっつけられていた。

さすが優秀である。

「良いの？　人が作ったものが好きなんじゃなかったっけ？」

「どうせ残り物を温めるだけだろう？　誰にでも出来る。それに人が作ったものが好きなのではなく、リンが作ったものが好きなだけだ」

「リンが作ったもの、ねぇ」

マルコシアスは気付いているだろうか。

同じ調理法、同じ食材、同じ分量で作ったはずでも、リンが作る事によって少し効力が上がる事に。煮込みハンバーグを作った時の実験で、彼の手が燃えていたのはそのためだ。

幸い、一般人には分からない些細な違いなので、レストランテ・ハロルドの営業にはなんら影響はない。

特別な力――例えば聖女である梓や尋常ではない魔力量を持つハロルド、魔族であるマルコシアスでもないと、食べただけで察知するのは難しいはずだ。

だがリンが能力に気付き意図的に効果を高めようと調理した場合、彼女の望まぬ方向で大事になりかねない。

魔女呼びですら嫌がっているくらいだ。

現行、なんら問題がないのなら特に口出す事ではあるまい。

研究対象としては少し残念だが、雷魔法という新しいおもちゃも出来た。

これで満足しておこう。

「出来たぞ」

「ありがとう。助かっちゃうー」

ハロルドは、遠距離にいるリンに対して幻術と鎧軽量化の魔法を永続的にかけており、道中大変だろうからとドリンクの補充も行っている。それに加え、明日からは大掛かりな転移魔法も駆使しなくてはならない。

「温存しておけよ。普段は怠けているくせに、どうして面倒な時に限ってやる気を出してしまうのだ、お前は」

「これくらい大丈夫だってば」

「本当か？」

怪訝《けげん》そうな顔を向けられる。

失礼な。ハロルドの魔力量は通常の人間とは比べ物にならないくらい潤沢である。さすがに体力は馬鹿みたいに無茶できるライフォードやジークフリードに遠く及ばないが、一兵卒《いっぺいそつ》以上はあるつもりだ。

今日は少し張り切ってしまったので、やや疲れているかもしれないが、問題はない。

「まぁ、けっこうゴッソリ持っていかれてるけど、大丈夫。これくらいじゃ倒れないから。配分もちゃんと計算してるし」

リンの性格を考え、計画にない転移魔法使用もバッチリ織り込み済みである。

ガルラ火山攻略にかかるだろう日数と、自分の魔力量などを考慮すると、最終日にギリギリ倒れるか倒れないかの計算だ。

ゆっくり休めればまだ余裕も出てくるが、リンから何か連絡があるかもしれず、魔法陣から目を離したくなかった。よって、睡眠による回復はあまり期待できない。

ハロルドはどこにいても目に入るようにと、壁に貼りつけた魔法陣をじっと見つめる。

「ねぇ、マル君。今のところは大丈夫なんだよね？」

「ああ。俺が言うのだから間違いはない」

リンには秘密にしているが、マルコシアスが渡した腕輪には、感情を読み取る能力が付加してある。

生死の分かれ目は一分一秒。

リンに助けを求められるまで悠長《ゆうちょう》に待機していては、手遅れになってしまう。強い恐怖の感情を察知したのなら、それは切羽《せっぱ》詰《つ》まった状況に他ならない。

マルコシアスには、ガルラの反応如何《いかん》など気にする間もなく、いつでも影を使って救援に向かえるよう準備はしてもらっている。

一瞬で目的地にたどり着ける魔族の影移動。

味方であったなら、これほど頼もしい能力はない。

「あまり魔法陣ばかり見つめていても変化はないだろう。今日はもう寝ているんじゃないか？　というか、魔法陣に魔力が込められた時点で、お前なら自然と分かるだろうが」

「それはそうなんだけどさぁ」

転送してほしいものがあれば、まずリンからメモが届く手筈《てはず》になっている。何も届いていないという事は問題がないという事だ。

「報われないな」

心底愉快そうにマルコシアスが笑う。

「どういう意味だよそれ。言っておくけど、僕は別にリンから頼られるのが好きなだけであって、そういうんじゃないからね」

むっと唇を尖らせていう。

普段は飄々《ひょうひょう》と他人を小馬鹿にした態度を取る事が多いハロルドだが、マルコシアスの前では少々子供っぽくなるきらいがあった。その頭脳から頼られる事の多いハロルドに対して、唯一対等以上に付き合えるからかもしれない。

「つまり?」

「もう、しつこいなぁ。これで良いんだってば。リンが僕を好きだって言う方が違和感あるでしょ。違う気がするんだよなぁ、なんか」

「ふむ。人間とは面倒だな。リンも同じような事を言っていたが、俺にはよく分からん」

「リンも?」

リンの事は大切だ。しかし、この感情が何なのかハロルド自身も計りかねていた。

リンとジークフリードが上手くいったとして純粋に祝福できると思う。多分。でもリンは違うだろう。どう見てもジークフリードが誰より大切ではないか。

「あれは数日前、ガルラ火山遠征デリバリーのためにドリンクを量産していた時の事だ」

マルコシアス曰《いわ》く、あの日疲れと眠気のせいでリンは少しおかしかったらしい。彼女自身の言葉を借りるのならテンションがとっても高かった。

もっとも一番の原因はジークフリードが危険だと告げられたからだろう。

彼女にとってそれだけジークフリードという男の存在は大きい。

「僕がライフォードとリンの変装道具に幻術を仕込んでた時くらいかな」

「だろうな。あまりに面倒だったので、からかい半分嫌がらせ半分で、相手は貴族の二男と聞いた。もう良い相手がいるかもな、と言ってみた」

「何言ってるの……」

さて。真っ赤になって否定をするか、落ち込むか。果たしてどちらだろう。——そう考えていたマルコシアスだったが、しかし、彼の予想は大きく外れ、リンは道端の石ころでも見るような感情のこもっていない瞳でふん、と鼻を鳴らした。

『マル君、美形で優しくて家柄も良くて頭も良いあの完璧超人ジークフリードさんに私なんかが釣り合うとでも？　ないですね。ない』

あまりにもキッパリと否定されたので、二の句が継げず黙るマルコシアスに、リンは『ジークフリードさんは恩人なんです。あの人のためならなんでもします。それに——』と、切なげに眉を寄せた。

『人生かけても幸せになってほしい。それが推しってものでしょう！』

嘘偽りない魂からの咆哮《ほうこう》。

本体が狼であるマルコシアスがうっかり気圧《けお》されてしまうほどに。

マルコシアスはそれ以上深入りするのは危険だと思い、とりあえず「そうか」と頷いておいたらしい。

「推しという言葉はよほど難解な言葉なのか。翻訳魔法が上手く発動せず正確な意味までは把握しきれていないが、恋愛感情などとうに通り越した存在であると感じた。深いな」

「リン。何言ってるの。いや、本当に何言ってるの……！」

疎い疎いと思っていたが、これほどとは。

ジークフリードが少し可哀想に思えてくる。

まぁ、夜中のテンションが成せる業《わざ》だったかもしれないが。

ハロルドにも覚えがある。

誰も彼もが寝静まった静かな空気と疲労から起こる、妙に気持ちが昂《たかぶ》る瞬間。夜には怪物が棲《す》んでいるのだ。恐ろしい。

――つまり。そう、つまり、この話は聞かなかった事にしておこう。うん。

「マル君、今日はありがとう。後は僕がやっておくから、明日もよろしくね」

「……その判断は上手くないな」

皿を洗おうと立ち上がったハロルドをマルコシアスはひょいと持ち上げ、まるで荷物か何かのように肩に担いだ。

ついでとばかりに壁の魔法陣――布に描かれているので持ち運び可能だ――も指で摘まんでひっ

ぺがし、ハロルドの上にのせる
「ちょ、ちょっとマル君⁉」

「寝ろ。今は大丈夫でも、十全に回復しておかなければ明日以降が辛くなる。何だかんだリンが頼りにしているのはお前なのだから、しっかり休息はとっておけ」

この魔族様はどうにも世話焼きだ。

人間の料理を好んでいる事から、もしかすると相当人間好きなのではなかろうか。

元々腕力は平均以下であるハロルドは、大した抵抗も出来ず気付けば自室のベッドに放り出されていた。

というか投げ飛ばされた気がするのですが。扱いが雑だと思う。

マルコシアスを見ると、魔法陣をベッド横の床に敷き直し、崩れないよう四隅を近くにあった分厚い魔導書で押さえつけているところだった。

金の刺繍《ししゅう》が入った凝った装丁《そうてい》の本。値段は言わずもがなだ。魔族である彼には関係のない話であろうが。

本当。親切なのかなんなのか分からない男である。

「食器は洗っておく。魔法陣の見張りもやっておく。何かあったら起こす。以上、他に何か命令はあるか？」

「いや、マル君にそこまでやってもらうわけには」

「ご主人様が無事帰還するよう手を尽くしているだけだ。配下の鑑《かがみ》であろう？　さぁ寝ろ。とっとと寝ろ。そうだな、イイコにしていたら、俺の尻尾《しっぽ》を枕にする権利をやろう！」

ぽん、と尻尾を出して左右に大きく振る。

ふわふわのもっふもふだ。

「これを枕にすればどんな生き物だろうと極上の睡眠に誘われるはずだ。試したことがないから分からないが」

マルコシアスはふふんと胸を張った。

「いや、それご褒美《ほうび》じゃなくて拷問《ごうもん》でしょ。いくらふわふわでも男の枕とか」

「ほぅ？　喧嘩を売っているのか。良いぞ。即買ってやろう」

「わっぷ！」

マルコシアスはベッドの端に腰掛け、自分の尻尾にハロルドの顔を押し付けた。

絹のような滑らかな肌触りと、ほどよい弾力がかえってくる。——ああ、ヤバイ。これお金とれるかも。

勝負は意外なほどあっさり決した。

もちろん、ハロルドの完全陥落として。

仕方がないだろう。リンへの魔力供給、レストランテの運営、更には転移魔法も使用しているのだ。有り体《あ　てい》に言えば疲れていた。

仕方がなかったのだ。

早朝。

心地よい目覚めと同時に飛び込んできたのは、マルコシアスの不機嫌そうな顔だった。

どうやら気持ち良く眠りすぎて、彼の尻尾を涎《よだれ》まみれにしてしまったらしい。「洗浄とブラッシングを要求する」青筋を浮かび上がらせた彼に詰め寄られ、ハロルドは「あ、はい」と頷くしかなかった。

＊　＊　＊　＊　＊　＊　＊

「リンゾウ君、援護を頼む」

「お任せください！」

揺らめく炎から飛び出してきたのは魔物の群れ。この高さまで来ると、さすがに生物の体は成していなかった。

大小様々な黒い塊。眼だけが異様にギラついている。

先頭を進むジークフリードさんに目標を定めた彼らは、脇目も振らず攻撃を仕掛けてきた。

トップを叩くのは良い戦法だけれど、残念ながらジークフリードさんはその程度でやられる人ではない。

「いけ」

凛とした声と共に腕が振り下ろされる。

彼の周囲をくるくる回っていた剣たちは、それが合図となって一斉に魔物へと襲い掛かった。

脆《もろ》い。

炎の剣で身体を貫かれた者は一瞬のうちに燃え上がり、黒い霧となって姿を消す。

私が手伝うまでもなく第一陣は全滅した。

しかしまだ後ろが控えている。頂上に近づくにつれ魔物の数は増加する一方だ。

「防壁展開」

剣を横に敷き詰め、敵の攻撃を受け止めるジークフリードさん。

まるで盾だ。前線部隊を犠牲にした敵の攻撃は、こうして防がれた。攻撃の後には必ず隙が生まれる。チャンスだ。

次はこちらの番。

後ろで何度も見ていたから、ジークフリードさんの攻撃パターンは履修済みである。左の装甲が厚そうな敵は炎の剣が。正面の動きが鈍そうな敵は自らが切り裂くだろう。

ならば細々とした右側は――当然、私の出番だ。

「いくぞ」

ジークフリードさんは左手を緩く握りしめた後、思い切り前に突き出した。

彼の動きと剣とは連動している。

攻撃から戻ってきた数本の剣は折り重なり、一つの巨大な炎の杭《くい》へと姿を変えた。そして一閃。

砲丸のように打ち出された杭は、魔物の腹を容易に食い破る。

串刺しだ。

圧倒的な強さ。

惚れ惚れする――が、見惚《みほ》れている場合ではない。私は指先に魔力を込め、右側の敵に向かって打ち出した。

一発。二発。三発。四発。

ジークフリードさんに当てまいと大きく右側に逸れた雷の弾丸は、途中でぐるりと向きを変え、魔物を確実に捕らえていく。

よし、全弾命中。

体の自由を奪われた魔物たちは床にごろりと転がる。それをジークフリードさんの剣が横一線に薙《な》ぎ払った。

前方の魔物は一瞬のうちに片《かた》を付けたらしい。

「討伐《とうばつ》完了。リンゾウ君、お疲れ様。偉そうなことを言っておきながら情けないが、君がいてくれて本当に助かっている」

「いいえ、気にせずじゃんじゃん使ってくださいね」

ふわりと蕩けるような笑みを向けられると、疲れなんて吹き飛んでしまいそうだ。

正直、そろそろ料理人とは何かみたいな気分になってきているのだが、役に立てるのは純粋に嬉しい。いつか森とかで迷子になったら、狩りをして生き延びられそうだしね。

身に着けておいて損はない。

ちょうど良いタイミングで補充されたドリンクで喉《のど》を潤し、私は周囲を見回した。

ガルラ火山はもう中腹を越え、明日には頂上に辿り着けるはずだ。そのせいか、火の勢いはかなり強まっており、団員たちの疲労は色濃く顔に出ていた。

薬は節約しているため、魔物が頻出《ひんしゅつ》するポイントや、火の勢いが特別強い場所でもない限り使用は出来ない。

ただ、これでも使っている方なのだ。

ドリンクがなければこの場所で薬は一つも使えなかっただろう。

何度もガルラ火山に挑戦した事のあるノエルさん、ヤンさん、アランさんですら今回は堪えるらしく、暑さと疲れで動きが鈍ってきているようだ。

現在、私は最前線に立っている。

最後尾にいた頃は「元気だねぇ」と孫を見守るお爺《じい》さんよろしく、ノエルさんから優しい眼差《まなざ》しを向けられたが、ヤンさんアランさんからは「涼しそうな顔しやがって」「横から僕とヤンで抱きついたら、僕たちの気持ちも分かるんじゃないか」と本末転倒な提案をされそうになった。

本当、自分だけ涼しい思いをしてすみません。

心の中で何度も謝っておいた。

準備したドリンクの量を考えるに、もう少し上にいかなければ配れないのだ。

実はリンゾウ君、自分で火を防げるという売り文句で第一騎士団から第三騎士団にレンタルされたらしい。おかげで一番動き回れる私がジークフリードさんのサポートに付き、ガンガン登り進めている。

それにしても、ジークフリードさんは常に涼しそうな顔をしているけれど、大丈夫なのかしら。炎の魔法が使えるだけあって、バリアみたいなものでも張っているのかな。

「団長。そろそろドリンクの配布、いけると思うのですが。どうでしょう?」

魔物の討伐が終わったこの場所ならば、比較的安全に転移魔法が使える。そう思って提案してみた。

正直、団員さんたちの様子も心配だ。

「そうだな。この調子でいけば、あと二時間程度で最後の休息ポイントに辿り着く。お願いできるか? リン。……ゾウ君」

「はい、おまかせください」

くすりと笑って背負ったリュックを床に下ろす。

縛っていた紐を緩め、中から四角く折りたたまれた布と、あらかじめ記入しておいた注文用紙を取り出した。後は布を地面に広げて準備完了だ。

魔法陣の中心に紙を置き、両手をついて魔力を込める。

手の平がほんのりと熱を持ち始め、描かれた魔法陣が輝き出す――が、やはり遠方にいるせいで通常の魔力量では足りないらしい。

でも大丈夫。想定内です。

私は息を大きく吸い込み、流す魔力の量を増やした。ポンプで強引に汲みあげられるように、ぐん、と魔力が減った気がする。

魔法陣の放つ光がさらに強くなった。いける。

風もないのにふわりと紙が宙に浮き、小さな光の粒になってかき消えた。

よし、成功だ。

とりあえず、これで注文用紙は無事向こうに届いたはず。後はハロルドさんから送られてくるドリンクを待つのみだ。

後ろから追いついてきた団員さんたちは、不思議そうに私の周りに集まってきた。最後尾にいるはずのノエルさんが近くに見える事から、全員大集合という事になる。

ちょっと緊張してきたんですが。あまり見つめないでほしい。

「小休憩をはさむ。各自、体力回復に努めるように」

といっても、難しいだろうが――ジークフリードさんが独りごちる。仕方がない。サウナもかくやという暑さだもの。

団員さんたちの息も荒い。苦しそうだ。

「団長、水分補給もままならない場所で……立ち止まって、……はぁ……どうするつもりですか？」

アランさんは手の甲で顎にたまった雫をぬぐう。

しかし、次から次へと溢れ出る汗は、その程度では収まるはずもなかった。

ガルラ火山といっても水分補給ができる場所はある。

ただし湧き水ならぬ湧き湯だけれど。

星獣であるガルラが魔力で地下から水を汲みあげ、飲み水に利用しているらしい。有り難い事に、そういう場所は何カ所か存在し、基本騎士団が休息をとる場所は水源の近くと相場が決まっていた。山を駆け上ってくる最中で沸騰してしまうので、熱々なのが唯一残念なんだけどね。

今回の休息は水源の近くではないので、不思議に思ったのだろう。

「安心しろ。意味もなくこんな所で止まったりはしない。……リンゾウ君」

「はい、そろそろだと思います――と、言っている傍から来たみたいです」

魔法陣が光り、大容量の瓶に並々と注がれたドリンクが姿を現す。

零さないよう、手の部分だけ鎧を脱いで触れると、ひんやりとした冷たさが伝わってきた。気持ちいい。

これは急いで皆に配らなければ。温《ぬる》くなったら美味《おい》しさは半減するものね。

「よしっと。では皆さん、いつも使っているコップを持って一列に並んでください！」

「リンゾウ君、まずはそれが何かの説明を」

しまった。忘れていた。

ジークフリードさんに言われて初めて気が付いた。

さすがに何か分からないものをいきなり配りますと言っても、誰も飲んでくれないものね。

「ええと、これは……あー、とある筋から転移魔法で送ってもらったドリンクです。防炎の効果があるので、今から皆さんに配りますね」

説明は手短に終わらせ、瓶を持ち上げて並んでもらうよう促す。

しかし、団員さんたちは誰一人動こうとはせず、じっと私の方を見つめるだけだった。どうしたものか――そんな困惑が伝わってくる。

説明が悪かったのかもしれない。

慌てだす私の背をぽんと叩いたジークフリードさんは小さく首を振った。「君が悪いんじゃない」と付け加えて。

「料理の価値はそれほど高くない。ドリンクがそんな効果を持つとは思わないのだろう。故に、たとえ君自身が信用されていても、それの存在は信用されていないというわけだ。君が騙されている可能性もある、と思われているかもしれない。大丈夫。君は悪くない」

「そう、でしたね……」

確かに。

私がこのドリンクを作るきっかけとなったあの時も、梓さんやライフォードさんは「ダンさんの店よりも効果が高いものを作れば良い」といった私に対して半信半疑――どころか疑いの目を向けていた。

そうだ。この世界において、料理の価値はまだその程度だったのだ。

「落ち込まなくとも大丈夫。一度飲んでしまえば虜《とりこ》になるさ。俺に任せて――」

ジークフリードさんが私からドリンクを受け取ろうとした瞬間。私の目の前にコップが一つ差し出された。

顔を上げると、やれやれと肩をすくめたアランさんの姿があった。

「薬でもジリジリジリジリ熱いったらないっていうのに、飲み物ごときがガルラ火山の炎に対抗できるとは思わないさ。でも、ないよりマシだろう？　ちょうど喉も渇《かわ》いていたし」

だから、ちょうだい、と彼ははにかんだ。

「アランさん……！　僕、気持ちを込めて注ぎますね！」

「そういうのいいから。普通でいいから！」

アランさんは、ふいとそっぽをむいてコップを更に突き出してきた。

耳が赤い。照れているのかも。

何に対しても言える事だが、はじめの一人というのはとても勇気がいる事だと思う。私は心の中で感謝しながら、彼のコップにドリンクを注いだ。

「あ。冷たい……」

「転移させるまで冷やしてもらっておきましたからね！」

「ふーん、気が利くじゃないか」

満足そうに微笑む。

これだけ暑いと、冷たいものに触れるだけで幸せになれるものね。

彼はちらりと後ろに視線を投げてから、大事そうにコップを抱えて横にずれた。その後ろから現れる二つのコップ。一つは控えめに、もう一つは勢い良く私の前に差し出された。

ノエルさん、ヤンさんだ。

「いつもだったら最後尾なんだけど、今日はいいかな」

「んじゃ三番目もーらいっと。つか、とある筋ってンだよリンゾウ。やべぇとこじゃねぇだろうなぁ」

ニヤニヤとからかうように痛いところをついてくるヤンさん。困った。言いづらくてとある筋と表現したが、やはり気になりますよね。

私のミッションはドリンクを皆さんに飲んでもらう事だから、出来る限りマイナス面は出したくないのだけれど。

第三騎士団の方々は、レストランテ・ハロルドにて開店パーティーという名のトラウマを植え付けられたと聞いた。更に今は魔女の噂まで引っ付いている。

本当の事を言っても大丈夫だろうか。

「そ、それは……その……」

言い淀《よど》んでいると、ジークフリードさんが私の肩を叩いた。

「ははは！　リンゾウ君は言いたくなさそうだからな。俺が代わりにバラそう。それを作ったのは噂に名高い食堂の魔女殿だ」

「ちょ、ジークフリードさ……団長！」

爽やかに笑って最大の問題点を口にしたジークフリードさんに、私は驚いて顔を上げる。しかし自信満々、憂《うれ》いなど何一つないという表情で、彼は片目をパチリと閉じた。

ああもう、こんな時なのに破壊力の塊をぶつけてくるのは反則だと思います。文句の一つも言えやしないわ。

よし、考える事は放棄しよう。全てジークフリードさんにお任せだ。

私は二人のコップが下げられない事を良い事に、さっさとドリンクを注いでおいた。

「へぇ、あの。噂はかねがね。実は僕、気になっていたんですよ」

「魔女ぉ？　……って、もしかして、あのクソ不味《まず》いレストランテ・ハロルドの魔女か！」

「情報収集不足だぞ、ヤン。あまりに不味い料理を出すから、それが魔女の逆鱗《げきりん》に触れ、今では魔女が仕切っているという噂だ。料理の味も劇的改善。むしろ美味しすぎて虜になる人続出らしい。今は人間のペットを飼いながら、絶賛営業中だとか。しかし、リンゾウ君が魔女殿とお知り合いだなんて、ビックリだな」

「人間のペット……魔女サマすげぇ」

ノエルさんの解説に、目を瞬かせるヤンさん。

でも待ってほしい。不味い料理が魔女の逆鱗に触れって何。知らない。そんな噂、私知らないんですけれど。

レストランテ・ハロルドの責任者はあくまでハロルドさんだ。噂話には尾ひれが付きものだけれど、もはや背びれや胸びれまで付いているのでは、と思わざるを得ない。

もっとも一番酷《ひど》い噂は「人間のペットを飼っている」だけれど。本当にもう、全部マル君のせいだ。勘弁してほしい。

ノエルさんはリンと魔女が同一人物だと知らないようなので、唯一そこだけは安心出来た。人間のペットを飼っている危ない奴、という目で見られるのはキツイ。

「人間のペット、ね。それは俺も知らなかったな」

じ、と私の顔を覗き込んでくるジークフリードさん。

お願いですから、そんな耳元で囁くように言わないでほしい。鎧があって助かった。

マル君が私を「ご主人様」呼びしている事実は、私の全力をもってジークフリードさんの耳にだけは入れまいとガードしてきたのに。まさかこんなところでバレてしまうとは。

ノエルさん、とんだ伏兵だったわ。

防ぎようがないじゃない。

「知らなかったなぁ」

「ご、誤解なんです。これには深いわけが！」

「帰ったら是非、ゆっくり聞こう」

優しげに微笑まれるが、妙な強制力を感じた。

ここで下手に言い訳をしても墓穴を掘るだけだ。私は無言で頭を縦に振った。帰るまでに誤解の解き方を考えておいた方が良いかもしれない。

「ともかく、味も効果も保証されてるってわけだね。冷たくて気持ちいいから少し名残惜《なごりお》しいけど」

アランさんは零れないようコップに顔を近づけてから、ひとくち口に含んだ。

冷たさからだろうか、一瞬、目が見開かれる。そして顔を空に向け、ぎゅっと瞳を閉じた。喉が上下に揺れる。

薄ぼんやりと瞼が開いていくと同時に、はぁと満足げな息が漏れた。

良かった。好みの味ではあったみたい。

彼はまじまじとコップに注がれたドリンクを見つめた後、私の方を向いて「リンゾウ、ありがとう」と呟いた。

真一文字に閉じられた唇が自然と吊り上がり、笑みの形をつくる。

何に対しての感謝なのか分からないが、これは私もお礼を返した方が良いのだろうか。

考えている間にアランさんはコップに注いだドリンクを全て飲みほし、何故かもう一度ドリンク配布列に並び直した。

「君たちが飲まないなら、僕がもう一杯もらっても大丈夫だろう？　というわけで、リンゾウ。ほら、コップだ！」

「いや、二順目はなしです。一人一杯飲んでもらわないといけないですから！」

堂々と差し出されたコップを押し返す。

どうやら気に入ってくれたようだ。とても嬉しい。でも、だからといって二杯目を注ぐわけにはいかない。

「そうか。そうだよな、冷静に考えると。困らせて悪かったな、リンゾウ」

「そんなに美味《うま》いのか？」

「とても」

ヤンさんの問いかけに、彼は大きく首を縦に振った。

「じゃあ効果は？」

「そうだな。冷えていて生き返った気がするし。体力回復効果もちゃんとあって……あれ？」

アランさんは不思議そうに自分の身体を見つめた後、何を思ったのか立ち昇るガルラ火山の火柱に近寄っていった。

そして、焚き火《たきび》にでも当たるように両手をかざす。

「んん？　……えい」

続いて小さな掛け声と共に、腕ごと火の中に突っ込んだ。

「アラ――ン⁉　おまっ、暑さで頭がヤられたのか⁉」

ノエルさんに自分のコップを押し付け、彼の元に走るヤンさん。襟元を掴み、勢い良く炎と距離を取らせる。

まぁ、普通は驚きますよね。

ハロルドさんの炎を防ぐくらいだから大丈夫だとは思うけれど、こういう実験的な行為はいつ見ても心臓に悪い。

「ノエル、良く見ろ。大丈夫だ」

慌てて薬の準備に走り出そうとするノエルさんを、ジークフリードさんが制止する。

彼の瞳が静かに見据えた先には、呆然と己の両手を凝視するアランさんの姿があった。もちろん、火傷《やけど》はおろか、傷一つもついていやしない。

ええ、全力を出しきったドリンクですもの。多少魔力がこもっている炎程度では防炎機能は貫けない。

「お、おい、アラン。大丈夫……なのか?」

「見ろよ、これ。無傷。というか、熱くないんだ。全く。汗も引いたし、ここがガルラ火山だって事忘れそうなくらい快適。ヤバイ。薬より効果あるんだけど」

アランさんは微笑んで「魔女様凄い……!」と星空を写し取ったようなキラキラとした瞳で私を
――いや、私の持っているドリンクの瓶を見つめた。

「ノエルさんノエルさん! 俺のコップ!」

「はいはい。溢《こぼ》さないようにな」

慌ててノエルさんからコップを受け取ったヤンさんは、中身を一気に飲み干すと、火の中に手を突っ込んだ。

私は思わず「うわぁ」と感嘆の声を漏らした。

ガルラ火山の熱に耐えられるよう調整したドリンクだから、暑さを感じなければ良いだけと思っていたけれど、防炎機能がここまで喜ばれるとは想定外だ。

怖くないのかな。

炎に手を突っ込む楽しさは、私には分からないわ。

「すっげぇええええ! マジだ。熱くねぇ! つーかウマッ、え、ウマっ! ちょ、俺、普通に飲んじまった!」

「馬鹿だなぁ、もう少し味わえよ」

「仕方ねぇだろ……！　リンゾウ、まだ飲める機会はあるよな⁉」

後何回かは予定してまーす、と叫べば、二人は両手を高々と上げてハイタッチを決めた。

仲良すぎでしょう。

微笑ましくて、ついつい笑ってしまう。他の団員さんたちも驚いた目で見つめていた。一度本音で怒鳴りあったせいか、今まで以上に打ち解けたみたい。

ドリンクのデリバリー、気に入ってもらえたようで良かった。子供のようにはしゃいで喜ばれると、少しむず痒《がゆ》い気がして照れてしまうけれど。

第三騎士団はジークフリードさんの意向で、貴族であろうが平民であろうが等しく騎士団の一員として接するように、という決まりがあるらしい。

もちろん騎士団員として仕事をしている間は、だ。「騎士服を脱いだアラン君や団長……特に家の事情で出ている時なんかは、こうも気安くは出来ないよ」と、ノエルさんが苦笑しながら言っていた事を思い出す。

ああして家柄や地位など気にせず笑いあえるのは、ジークフリードさんの人柄が成せる業なのかもしれない。

——だからこそ余計に、何故ヤンさんやアランさんからも慕われていた第三騎士団の団員が皆を危険に貶《おとし》め、仲間割れを誘発するような事をしでかしたのか。

不思議でならない。

「リンゾウ君」

「はいっ⁉」

しまった。

考え込んでしまったようだ。ジークフリードさんの声に慌てて振り向くと、私の前にはコップを持った団員さんたちの列が出来上がっていた。

アランさんたちのおかげで警戒心が解けたのだろう。

良かった。これで全員に飲んでもらえそうだ。

「す、すみません。すぐに準備しますね！」

温くならないうちにと急いでコップに注いでいくと、彼らからは「怪しんですまない」「本当ありがとう」「お前、凄い奴だったんだな。……色々ごめん」と次々私に言葉をかけてから列を離れていった。

胸がじんと熱くなる。

本当に皆さん良い人ばかりだ。

私が男なら、今すぐにでも入団希望を告げていたかもしれない。


全ての団員さんにドリンクを配り終わった後、私はジークフリードさんへ向き直った。

「すみません。最後になってしまって……しかも、その、とても温くなっていて……」

「かまわないさ。ありがとう」

リン、と私にしか聞こえない程の小さな声で呼び、優しげに微笑む。

リンゾウではなく、わざわざリンと呼ぶなんて。

なんのサービスですか。

本当にもう、ジークフリードさんの一挙一動に私がどれだけ心乱されるか、知ってほしいくらいだ。本当に知られてしまったら、恥ずかしすぎて地面に穴掘って埋まりますけれど。

私は努めて平静を装い、ジークフリードさんのコップにドリンクを注ぐ。「どうぞ」と私が言うと、彼は小さく頭を下げてドリンクを一気に飲み干した。

「ふぅ、生き返るな……！」

大きく息を吐き出し、ややあって、団長としての仮面をはぎ取ったような、安心ともとれる表情を見せる。

「しまった。まだ気を抜ける場所ではないのだが……全く、君の……あ、いや、魔女様の作るものは不思議だな」

「魔女様って。もう、貴方まで。でも、団長にもちゃんと効くんですね。良かった。炎の魔法が使えるから耐性があって防炎は必要ないかと思ってました」

「ああ、いや、どちらかというとこの団長専用マントに色々と加護が練《ね》り込まれていてな。そのおかげで団員たちよりかはマシだと思うが……。まぁ、暑くないわけではない。正直、けっこうキツイぞ」

いつもなら「大丈夫」と誤魔化されてしまうところを、今日は素直に弱音を吐いてくれた。その事実が嬉しくて、ついつい表情が緩んでしまう。

戦闘面でも彼のサポートをしてきたおかげかな。少しでも信頼度がアップしたのなら、とても喜ばしい事だ。

「なんだ、リンゾウ君。顔は見えやしないが、気配で笑っていると分かるぞ。俺は何か変なことでも言ったか？」

「いいえ！　そういうのではないので気にしないでください！　……それにしても、全然気づきませんでしたよ？　いつも凄く平然と戦っているから」

「む。話題を逸らされた気もするが……まぁ、君が言いたくないのなら無理強《じ》いはしない。平然としているように見えたのなら良かったよ。これでも団長だからな、情けない姿は見せられないさ」

さすがは責任感の塊、ジークフリードさん。

格好良い事をさも当然のように言うものだから、遠くの方で団員さんたちが「さすが団長です」「スゲー。俺無理ー」「気合いが違う」と感心しきりだった。

「……なんだか気恥ずかしいことになったな」

「ふふ。じゃあ僕、瓶を向こうに送り返してから転移シートを片付けますね！」

「ああ。準備ができたらいってくれ。出発しよう」

「了解です！」

私は転移シートの上に空になった瓶を丁寧に置き、両手を地面につく。そして、魔力を送り込もうと顔をあげた瞬間――魔法陣の上に紙が一枚、のっていることに気付いた。

なんだろう。

拾い上げて見てみると、ミミズがのたくったような字で『マル君のおかげで魔力・体力共に万全。多少無茶な転移も可』と書かれていた。この慣れないと読む事すら出来ない文字は、ハロルドさんのものだ。

どうやら喧嘩もなく、二人で上手くやってくれているらしい。良かった。マル君にハロルドさんの事は君に任せますとお願いしてきた甲斐《かい》があったものよ。

しかし、相変わらず私の考えなんてハロルドさんにはお見通しみたいだ。

私は紙の裏側に返事を書いて瓶の側に置き、改めて魔法陣に魔力を送り込んだ。

＊　＊　＊　＊　＊　＊　＊

明日には火口へと辿り着き、星獣ガルラとご対面になるだろう。

この遠征、結界の調査はもちろんの事、山に蔓延《はびこ》る魔物の討伐も目標に定められている。よって、結界からはみ出る魔物だけではなく、ガルラに危害が及ばぬよう火口付近の強力な魔物も討伐対象となっていた。

出来る事ならば盤石な態勢で挑みたい。そう思うのは当然なのだが、私たちは今、かつてない危機に陥っていた。

——暑さである。

夜になると火の勢いは落ち涼しくなる、と想定していたのに、微々たる変化しか感じられないのだ。まさに灼熱。暑すぎる。

ドリンクの加護がある私以外は、皆一様にぐったりと地面に横たわっていた。

「くっ……、想定外だ。いつもよりかなり暑いぞ、これ……」

ジークフリードさんですら、ぐしゃぐしゃと頭を掻いて荒い息を零す。困った。今までの経験から薬の準備も、ドリンクの準備すら予定に入れていない。

薬とは違い、ドリンクだったら量産できるのではないか、と思いがちだが、メインとなる食材が邪魔をしていた。イチゴである。

市場で聞いた話だが、今の時期は少し旬《しゅん》からズレていて、普通なら店頭に並ぶはずのない食材なのだそうだ。

しかし、数年前から魔法を駆使して様々な食材を年中栽培する魔法使い様が現れたらしく、安定供給とまではいかないものの、時期を気にせず買えるようにはなったみたい。

当然、その分少しだけ値段は高い。

レストランテ・ハロルドではイチゴの使用量を減らして効果を抑え、安価になるよう努力をしている。ただ、今回は全て騎士団が持ってくれるそうなので、イチゴを買い占め全力のドリンクを作る事が出来た。

残念ながら、それでも万全といえるほど用意が出来なかったのだけれど。

時間さえあれば、劣化コピーだろうが大量生産できる別のレシピを考えられたかもしれないが、いかんせん今回は緊急事態。そんな余裕はなかった。

「団長、こうなったら奥の手使いますね。ハロルドさんには申し訳ないですが、ここで休めないと明日に支障をきたします」

「奥の手？　……ああ、なるほど。それは嬉しい」

「はい。団長にもお力を貸していただきたいのですが、大丈夫ですか？」

「もちろんだ。なんでも言ってくれ」

「ありがとうございます！」

ジークフリードさんから許可は貰った。

では食堂の料理番、本領発揮といこうではないですか。

私はまず魔法陣を床に敷き、必要なものを書き記したメモを中心に置いて転送を開始する。

レストランテ・ハロルドで提供している料理は、体力回復に焦点を当てたものが多い。しかし様々な効果を持つ料理の研究は、日々怠《おこた》ってはいないのだ。

薬師《くすし》連盟に目を付けられないよう、研究だけに留めているけれどね。

最初の頃に作ったハンバーグも防炎効果を持っているが、一つ一つ肉をこねて焼いていくのは効率が悪すぎる。今回は却下だ。大鍋で大量生産が理想だろう。

ならば一つ、レシピがある。

魔法陣が光り輝き、私の頼んでおいた食材や調理器具などはすぐに届いた。

質量が多い分、ぐっと魔力を吸い取られた気もするが、別段ふらつく程でもない。むしろハロルドさんの方が心配なのだが、ドリンク配布の時にもらった手紙を信じて今は目の前の事に集中しよう。

「よし。それじゃあ鍋に……んぐぬぬぬっ、これっ、ちょ、重っ」

ガルラが作った泉——泉というより熱湯風呂だけれど——に鍋を沈めてお湯を汲み、持ち上げようと力を込める。

だが想像以上に重かったそれは、簡単に持ち上げることが出来なかった。

大人数用の鍋だもの。そりゃそうか。

熱さはドリンクでカバーできても、怪力属性付与なんて効果はない。

「大丈夫か、リンゾウ君」

「わっ」

反動で転げそうになった私の身体を片手で抱きかかえ、もう片方の手で平然と鍋を持ち上げるジークフリードさん。

すごい。目一杯までお湯を汲んだ鍋が軽いわけがないし、恥ずかしながら私の体重だってそれなりにある。鍛え方が違うわ。

怪力というと、ニンジンを素手で破壊させるライフォードさんや、聖女パンチの梓さんを思い浮かべてしまいがちだけれど、ジークフリードさんも一般男性以上のスペックを持っている。

さすが騎士団長様だ。

「ありがとうございます……！　すみません、非力で」

「いや、これはなかなか重い。力仕事が必要なようだし、手伝わせてくれ」

「……では、少しお言葉に甘えさせてもらってもよろしいですか？」

「もちろんだ。君やノエルのおかげで、いつもより体力が残っているしな。気にせず使ってくれ」

ジークフリードさんは優しげに微笑んだ。

いくら体力があるといっても暑さは抑えられていない。辛い状況には変わりないというのに、本当格好いい団長だ。

申し訳ないが、遠慮していられる場面ではないので、有り難く頼らせてもらう事にしよう。

まず小石を積んだ簡易かまどの上に鍋を置いてもらい、中にトマトを放り込んでいく。沸騰《ふっとう》済みなのが地味に時間短縮に繋がっていた。

少し待ったら皮が剥《む》けてくるので取り出し、指で一つ一つ剥《は》ぎ取っていく。

「皮を取るのだな」

私の作業を隣で見ていたジークフリードさんは、ぎこちない手つきながらも手伝ってくれた。

ライフォードさんのように「巻き散るトマト、ガルラ火山の惨劇、見習い騎士団員は見た！」といった状況になるんじゃないかと少しだけ身構えていたけれど、杞憂に終わったみたい。

同じ公爵家のご子息であっても、やっぱりジークフリードさんはジークフリードさんだ。

さて。今回作るのはミネストローネである。

トマトには防炎効果があるので、ドリンク程とはいかないにしても、薬くらいの効果は出せると思う。

「よし、これくらいで大丈夫だろうか？」

「はい、バッチリです！　やっぱりライフォード様とは違うんですね」

「……あいつと同レベルに思われていたとは。心外なんだが」

複雑そうな顔をするジークフリードさん。

すみません、と軽く謝っておく。

全ての困難は拳で打ち砕く系王子様とは違って、彼は思慮深く控え目だものね。見た目だけで判断すると逆に思われがちだが、それもまたギャップがあって素敵である。

「この石で囲まれた場所に火を出せば良いんだな？」

「はい、よろしくお願いします！」

簡易かまどの中心に魔法陣が浮かび上がったかと思うと、そこから炎がゆらりと顔を出す。火の魔法。外で料理をする場合、これほど頼もしい魔法はないと思う。

雷じゃあ黒こげにしてしまうだけだものね。

トマトの総重量をはかってから、ざく切りにし、お湯を捨てた鍋に放り込んで煮込み始める。最後に塩も足しておきましょう。

「煮込んでいる間に次です」

予備なのか間違えて入れてしまったのか、真相は分からないが二本転移されてきた包丁の一本をジークフリードさんに渡す。

さすがに地面に正座をして材料を切るわけにもいかないので、近場にあった岩を綺麗にスパッと横薙ぎに切り捨て、台所がわりにした。ジークフリードさんが。

岩ってこんな滑らかに切れるものなのね。

ビックリである。

戦闘時、彼の周りをくるくる回っている炎の剣は、想像以上に鋭い切れ味をしているようだ。

「ええと、分量計算は終わったので、タマネギ、ニンジン、ベーコンを細かく切っていきます。まず包丁の使い方ですけど……」

口で説明するより見てもらった方が早い。

私はタマネギを一つ見本にして切り方をレクチャーする。

子供の頃、母親に包丁の使い方を教えてもらった時、どうやって習っただろう。よく言われているのはあれよね。添える手は猫の手にするってやつ。

「ええと、こうやって……猫の手に……猫……手を切らなきゃ何だって大丈夫だと思いますが、私の国では猫の手ってよく言われてました」

「ふむ。こうか?」

ジークフリードさんは真面目だ。真面目だから私のふわっとした説明すら完璧に理解しようと、左手を猫の手にして確認を求めてくる。

こういった趣味はないはずなのに、相手がジークフリードさんだと「良い」と思えるから不思議である。可愛いなぁ。

正直、私も大概疲れが溜まっていたのかもしれない。

小首を傾げ、あまり無防備な表情をするものだから、少し悪戯心《いたずらごころ》が顔を出す。

「……猫の鳴き声はなんでしょう？」

「ん？　にゃあ？」

「――ッ、ありがとうございます！　そしてごめんなさい。なんでもないんです！」

完成していないのにご褒美をもらった気分だ。

よし、頑張ろう。

ジークフリードさんは不思議そうにしているけれど、質問の意図を説明するわけにはいかないので、笑って誤魔化した。

ちなみにこの後、疲れと暑さで相当参っているノエルさんから「うちの団長で遊ばないでくれないかな」と静かな雷が飛んできたので、作業のスピードが更に上がった。

とても反省しております。


「ところで、何故リンゾウ君が料理を？」

「……え？」

みじん切りにした材料をトマト煮とは別の鍋で炒め、ぱらぱらと塩を入れる。そんな時。ノエルさんが不思議そうな顔で私に問いかけてきた。

確かにそうだ。

見習いとはいえ第一騎士団は貴族の集まり。リンゾウが料理をしているこの状況は異様である。

リンゾウが騎士団見習いですらないと知っているのは、ジークフリードさんとノエルさんだけ。

つまり、他の団員たちに怪しまれないよう上手く誤魔化せ、と暗に言われているのだろう。

「ええと、僕は貴族といっても辺境の五男で、自由に育てられたものですから……」

「料理に興味が？」

「はい。そ、それで王都に来て魔女サマを知って！」

「うん。納得したよ。他の団員たちも多分ね」

良かった。

ほっと胸を撫で下ろす。

しかし、ノエルさんの追及はそれだけにとどまらなかった。「魔女サマの協力はドリンクだけなのかな？」と、ふわりとした笑顔で尋ねてくる。

今、レストランテ・ハロルドはハロルドさんとマル君のみで回っている。魔女こと私は体調不良で寝込んでいるという設定だ。

私は頷き、設定の齟齬《そご》がおきないよう、それっぽい理由をくっつけながら魔女サマから防炎のレシピを貰っていると説明した。

「……なるほど。これで良いかな？」

ノエルさんは団員の様子をぐるりと一周確認してから、満足げに息を吐く。どうやら団員たちが疑問に思っている事を彼が全て代弁してくれていたらしい。

前衛で皆の盾となり剣となって道を切り開くのが団長なら、全体を見渡して問題がおきそうなところを上手くフォローしていくのが副団長だ。

バランスの良い団である。

「ありがとうございます、ノエルさん。詰めが甘くてすみません」

「いや、君は理解が早いから助かるよ。回答も的確だし、さすが団長たちから信頼されているだけある。……では、僕も手伝おう」

「ノエル。体調は良いのか？」

ぐるぐるとトマト煮の鍋を掻き混ぜていたジークフリードさんが、一旦手を止める。ノエルさんは頬を伝って流れてきた汗を、ぐいと乱雑に拭った。

「手を止めさせてしまった分、お手伝いいたします。暑くて怠《だる》いというのなら皆同じ。なら、団長ばかりこき使うというのも変な話でしょう？」

「確かに、そうですよね……。ではよろしくお願いします」

いくらジークフリードさんが協力的だとしても、一番に頼ってしまっては団員さんたちの面目に関わってくる。

彼らだって十分優秀だ。

今は非常事態だから仕方ないにしても、一言「団長をお借りします」くらいは言っておいた方が良かったのかもしれない。

「リンゾウ君、僕は何をすればいい？」

さて、どうしようかな。

後はもう炒めた材料とトマト煮、水――ではなくお湯を合わせて煮込むだけだ。量が量だけに鍋はとてつもなく重たいので、男性の手が増えるのならば有り難い話である。

「では、鍋を持ってもらえますか？」

「鍋？　ああ、これは重いね。団長に頼るのも納得だ……よっと」

はたから見れば団長と副団長を顎で使う騎士見習い、という酷《ひど》い図になってしまっているが、まぁ、気にしては負けだ。

とりあえずさっさとスープを作ってしまって、皆に飲んでもらおう。

トマト煮、お湯、具材、全てをグツグツと煮込んだ後、隠し味としてナチュラルビーの蜜を入れる。効果時間延長とトマトの酸味を抑える役割だ。パーセンテージの管理を間違えれば大変な事になるので、念のため味見をしておく。

うん、大丈夫そうだ。

ミネストローネ完成である。

「みなさん、出来たので、コップの準備だけお願いします。快適とまではいきませんが、多少はマシになるはずです」

防炎効果と火の加護。

ドリンクを作った時は同じようなものだと思っていたが、体感温度を下げるという意味では大きく違うと最近気付いた。

炎で怪我を負わない状態にするより、暑さを抑える事の方が難しいのである。

防炎効果は戦闘時や日焼けなどの火傷《やけど》防止に効果的だが、ガルラ火山ほどの灼熱の気温だと快適には過ごせない。

炎の中に手を突っ込んだら、怪我はしないけれど熱さはそこそこ感じるレベル、といったら分かりやすいかな。

イチゴのパーセンテージを小数点以下第1位まできっちり管理して、ようやく加護レベルまで引き上げる事ができるのだ。だから、このミネストローネにはドリンクほどの効果はない。

私はジークフリードさんノエルさんに頼んで鍋を運んでもらい、団員さん一人一人にスープを注いでいく。

「魔女サマ……が作ったんじゃねェンだよなぁ……？」

「すみません、僕です。でもレシピ通りに作ったので、効果は間違いないと思います」

「ん。そうか、悪ぃな、リンゾウ……ん、うまい……！　もういっぱ――」

ヤンさんはそれだけ言い残すと、バタリと地面に倒れ伏した。暑さで随分と体力をやられているらしい。

昼間は薬とドリンクを合わせて何とか凌《しの》いでいるが、常にというわけではない。

今まで眠れなかったのは暑さのせいだ。それが多少なりともマシになれば、こうやって倒れるのも無理はないのかもしれない。

そう考えると、ドリンクの加護のある私は除いて、料理の手伝いをしてくれている二人の胆力《たんりょく》は凄いと思う。

ただ、スープを配り歩くたびに「うま」の一言を残して皆が倒れていくので、悪役にでもなった気分だ。ここが城下町ならば変な噂の一つや二つ、息を吸うようにくっついてきそうである。

食べただけで騎士団を倒す魔女の料理とか、洒落《しゃれ》にならないわ。

そんな中、意地でも倒れまいと踏ん張って二杯目以降を要求してくる人がいた。

アランさんである。

「僕はッ、絶対にッ、魔女様のスープを満足するまで飲むんだッ！　リンゾウ！」

「は、はい。無理はしないように……」

彼は無言で三杯要求し、そして満足したかのように微笑んでパタリと倒れた。最後に「魔女様、感謝します……」と言い残して。

アランさんの中で魔女様ってどんな存在になっているのだろう。

魔女なんて言われているけれど、中身は至って普通の人間だ。聖女様と違って神聖視するような人物でもないので、とても申し訳ない気持ちになる。

いつか機会があったら誤解を解きたいものだ。

「では、俺たちも貰っていいか？」

ジークフリードさんの言葉に「もちろんです」と頷く。手伝ってもらいながら最後になってしまったので、二人には謝りながらコップにスープを注いだ。

まだ熱いので息を吹きかけ冷ましてから口をつける。

良かった。ちゃんと美味しくできているわ。トマトの酸味が口いっぱいに広がったかと思うと、野菜やベーコンから出た旨味がぎゅっと押し寄せてくる。

私の場合、ドリンクの加護の方が効果が高いので上書きはされないけれど、ジークフリードさんやノエルさんの顔色を見る限り、それなりに暑さは抑えられたみたいだ。

「厳しいのか充実しているのか、わからん遠征だな、今回は」

「そうですね。少なくとも食事の面ではこれ以上なく充実してしますね」

二人は笑いながらコップを床に置いた。

私たちには、まだ見張りの仕事が残っている。

ナチュラルビーの蜜を入れたので二時間ほどは保つと思うけれど、それ以後は寝苦しい夜になるかもしれない。出来る限りの休息はとりつつ、仕事はきっちりとこなさなければ。

でもやっと折り返し地点だ。

明日さえ乗り切れば、すべてうまくいく。

ここまでくれば後はいつも通り。問題なくガルラ火山の調査は終わるはずだ——この時の私は、そう思っていた。

＊　＊　＊　＊　＊　＊

本日の予定。

まず、火口付近で静かに佇んでいるガルラに挨拶《あいさつ》し、その奥に存在する洞窟の結界を一時的に解いてもらう。

洞窟には強力な魔物が多く、普段はガルラによって外に出られぬよう封じられているらしい。だが、数が増えればガルラの負担が増す。なので、たびたび第三騎士団が魔物の数を減らしに遠征しているそうだ。

一度数を減らしても魔物は再び増えてくる。

何か魔物を生み出す仕組みが隠されていると思われるが、幾度となく遠征を繰り返してもその仕組みを見つける事が出来ないでいる――と、火口到着前にジークフリードさんから教わった。

「君のおかげで普段とそう変わらない状態で挑むことができそうだ。ありがとう。後の魔物討伐は俺たち騎士団に任せて、休んでいてくれ。ガルラの傍なら安心だ」

「分かりました。皆さんの帰りを待っていれば良いんですね？　了解です。助かります」

正直、他の団員さんたちと違ってドリンクの加護があるとはいえ、リンゾウの中身はしがない食堂の料理番である。

疲れは確実に溜まっていた。

彼の申し出は願ってもない話。断る理由なんてない。

ドリンクで加護を付与した皆はヤル気満々のようで、私が出る幕もないだろう。だから後は見守るだけ。

そう、思っていたのだけれど。

「だ、団長ッ、自分たち何かしてしまったんでしょうか⁉」

「大丈夫だ。落ち着け。取り敢えず皆、俺の後ろに……！」

まるで意思を持った暴れまわる竜巻。

目も開けられないほどの暴風に、団員の皆は言うとおりジークフリードさんの後ろに下がった。

私も例外ではなく、彼の後ろに隠れながら元凶を仰《あお》ぎ見る。

――星獣ガルラ。

中央から羽の先端に向けて、赤から青へのグラデーションが美しい巨大な鳥だ。

鶴のように長い首をすらりと伸ばし、遥か上空から私たちを見下ろしている。

頭部からは金色のふわりと柔らかそうな冠羽《かんう》が揺れていた。一種の神々《こうごう》しささえ感じさせる。とても雄大で見惚《みほ》れるほどに綺麗だ。

普段は大人しく火口付近に佇んでいるというガルラ。

しかし今回は何故か、大きく羽ばたきながら私たちの行く手を阻んでいた。ぶわりと吹いたひときわ大きな風に、私は思わず目をつむる。

鎧を着ていても辛いものは辛いのだ。

「ガルラ、落ち着け！　何が――くっ」

ジークフリードさんの声も暴風のせいで届かない。

一体なんだというのか。

言われた通り水魔法の適性がある人間は連れてきていないというのに、この暴れよう。普段と違うところがあるとすれば私の存在だけだ。もしかすると、気付かないうちに何か気に障ることをしてしまったのだろうか。

——考える。考えるけれど、思い当たる節などあるわけがない。星獣の思考なんて分かりっこないもの。困った。

ガルラから殺意も敵意も感じられないのが唯一の救いだ。

「——く、わわっ」

私は飛ばされないよう膝を地面について踏ん張る。

今だけ鎧の重量を戻してほしいくらいだ。「大丈夫か?」と気遣わしげな視線と共に、ジークフリードさんの腕が伸びてきて私の肩を抱いた。

「——ッ、あ、りがとうございます」

大丈夫。分かっている。

たとえ力強く胸板に押し付けられたとしても、私が飛ばされないよう支えてくれているだけ。勘違いはしない。

だから鎮まれ心臓。

空気を読まずバクバクと高鳴る心臓を鎧の上から押さえる。

マーナガルムの森では恐怖が勝っていてそれどころではなかったけれど、今回は幾分か心に余裕があるので、つい意識してしまう。

ああもう、ドキドキするな自分。

落ち着きを取り戻そうと深呼吸をする。

そんな時、ふと声が聞こえた。

キィキィという甲高《かんだか》い鳴き声に紛れて聞き取りにくいが、妙に艶《つや》のある女性の声だ。騎士団には私を除いて女性はいないはず。どういう事だろう。

耳を澄まして声の出所を探る。

『良い！　炎の加護持ちで固めてくるとは、実に良い演出だ！　憎いのぅジークちゃん！　妾《わらわ》は嬉しいぞ！』

「はい？」

今のは一体。

方向や内容からしてガルラのような気もするけど——こんな軽いノリなのかしら。この神々しさすら覚える星獣様が。

どう考えても嬉しくてはしゃいでいるようにしか聞こえないわ。

というかジークちゃんって何。ちゃんって。

ちょっと距離感近くないですか。

「こちらの声が聞こえていないのではらちが明かん。悪いが、強硬手段に出させてもらう——剣よ！」

ジークフリードさんが手を空に向かって掲げると、炎の剣が出現し腕の動きに連動して空に昇っていく。それらは空中で一本の巨大な剣へと姿を変え、垂直に墜ちてきた。

あろうことか、ガルラの目と鼻の先に。

『ジ、ジークちゃん……？』

「ガルラ、少し落ち着け。危ないだろう？」

言い聞かせるよう一文字一文字丁寧に、しかしながら底冷えのする低い声でガルラに語りかける。

危ないのはジークフリードさんの剣もでは——とは、とても言い出せぬ雰囲気だ。

ハロルドさんが「あの兄弟は怒らせると本当怖いよ。どっちも」と遠い目をしていたのを思い出す。その片鱗《へんりん》を見た気がした。

彼の場合、怒るというより叱るに近い気もするけれど。

自分が今までどれだけ甘い対応をしてもらっていたのか、ほとほと実感した。同時に、本気のお叱りモードだけは絶対に回避しようと強く心に誓った。うん。

『すまぬ。少し調子に乗ってしまった……』

ジークフリードさんの雷に触れて大人しくなったガルラは、羽を小さく折り畳み、落ち込んだように頭《こうべ》を垂れる。

ぐるりと一周。頂上の様子を確認してみると、彼があんなにも必死になってガルラを止めていた理由が分かった。

ドリンクで熱さは感じない上、暴風に視界を奪われていたから気付けなかったけれど、ここは火口。もし飛ばされでもしたら、中央でグツグツと煮立っている溶岩に落ちる可能性もあったのだ。

想像するだけでも恐ろしい。血の気が引いた。

いくら加護をつけていても、マグマにダイブは危険である。

きっと、ガルラと対峙《たいじ》しているのが自分だけだったら、このような強硬手段には出なかっただろう。悲しきかな、ジークフリードさんとはそういう人だ。

もう少し、自分の身も労《いたわ》ってほしいのだけれど。

「すまないガルラ。団員のためとはいえ私もやりすぎた。どうか気を落とさないでくれ」

すっかり意気消沈してしまったガルラの首筋を、慈《いつく》しむように撫でるジークフリードさん。

彼女は心地好いのか長い首を擦り付け――しかし暫《しばら》くの後、ばたりと地面に沈んだ。

頭のみならず身体すらも床につけ、ぴくぴくと全身を震わせている。

何。何が起こったの。

「ど、どうしたんですか？　大丈夫なんですか⁉」

私が目を白黒させていると、ヤンさんが近づいてきて「さすが団長。猛獣使い」ボソリとそう言った。

「猛獣使い……？」

「おう。うちの団長すげぇだろ。ガルラサマ、今でこそああだが、はじめましての頃はそりゃあもう、人間如きが！　って感じでツンケンしてたんだぜ？」

ヤンさん曰《いわ》く、過去ガルラ火山遠征は他遠征に比べて格段に難易度が高かったらしい。

山の熱さも理由の一つだが、ガルラ本人の気性と、人間に良い感情を抱いていなかった部分が大きかったそうだ。

しかし、担当が第三騎士団――もといジークフリードさんが同行するようになってから様子が変わった。

何でも彼の撫でテクニックは素晴らしく、あのガルラさえ一瞬のうちに陥落したそうな。そのため団長は、第三騎士団のメンバーから『猛獣使い』と、こっそり呼ばれているとか。

知らなかった。

この遠征に同行しなければ得られなかった情報かもしれない。ちょっと得した気分だ。たとえるなら、漫画のカバー裏にこっそり書かれている設定を見つけたような感じ。

「なんてガルラ様が羨ま――いえ、団長凄いですね！」

「大丈夫だぜ、リンゾウ。繕《つくろ》わなくても気持ちは分かる。一体どんな超絶テクニックなのか、一度くらい体験してみてぇよなぁ」

「何を言っているんだ、全く」

私とヤンさんの肩を軽く叩いたノエルさんは、ジークフリードさんに向き直る。

「団長、そろそろ話を進めましょう。結界の状況については、奥にいる魔物の種類と能力を見て総合的に判断しなければいけませんしね。見分の時間が欲しいです」

そう言えば、ガルラ火山の中腹あたりに張っていた結界を通り抜けてきたが、特に調査などは行わなかったように思う。

ハロルドさんのような、魔法に詳しい専門家を連れて登れない弊害《へいがい》がここにも出ている。

ただ、結界の状況を知りたければ一番詳しい人——じゃなかった、星獣様が目の前にいるはずだ。

「あの、ノエルさん」

「何かな？」

「原因なら直接彼女に聞けば良いんじゃないですか？　ジークちゃんジークちゃんと好意的ですし。教えていただけると思うのですが」

「え？」

ノエルさんは私とガルラ様を交互に見やり、困ったように眉を寄せて「教えてもらう？」と首を傾げた。

私、何かおかしなことを言ったのかな。

言葉が通じるのなら、教えてもらうのが一番手っ取り早いと思うし、確実だろう。まさか、結界を張ったは良いものの、強度や不具合などはさっぱり感知できない、というわけではないでしょう。なんたって星獣様ですし。

『ん？　おぬし、妾の言葉が分かるのか？』

「え？」

影が差したのでふと空を見上げると、ガルラ様が私を見下ろしていた。言葉が分かるのか、って。どういう事だ。もしかして彼女の声が聞こえているのは私だけ、だったのかしら。

『見ない顔……いや、顔が見えぬから気配じゃ。ううむ、変な魔術がかけられているようじゃが。そのせいか？』

「会話しやすくなるような魔法はかかっていると思います」

この世界に召喚すると同時に掛けられたらしい翻訳魔法。人間同士の会話を円滑にするためのものだと思っていたのだけれど、星獣様にも有効なのかな。

「え、会話してる？」「俺、キィキィとしか聞こえないんだけど」「大丈夫、俺もだ」「彼女って、まさか雌《めす》だったのかガルラ様」という団員さんたちの会話から、ガルラ様の声を把握しているのは私だけなんだと確信した。

そして、妙に背中に突き刺さる好奇心とも感嘆とも取れる視線。

くすぐったい。ムズムズする。

本当に凄いのはこの翻訳魔法をかけた元第二騎士団長様だ。もちろん、それを言ったら私の身元がバレてしまうので言えないのだけれど。

『しかし、なぜじゃろうな。おぬしから魔の気配がする。懐かしき匂いじゃ……』

「魔の気配？　もしかしてこれでしょうか……？」

右手のグローブを外し、マル君にもらったブレスレットを摘まんで引っ張る。

魔とついて思い浮かぶもの。普通なら魔物なのだろうが、私の場合マル君の存在があるので魔族という選択肢も思い浮かんだ。

『ふむ、確かにこれじゃな』

「知り合い……マル君って言うんですけど、これは彼の毛で編まれているらしいので、そのせいかと」

『マルクンとな？　はて、そのような魔族いたかのぅ？』

しまった。

いつもの癖で愛称のまま伝えてしまった。

「あ、すみません、マル君じゃなくて、ええと、マルコシアスさんです！」

『ま……まる……』

「マルコシアス、です」

『マママママルコシアス様じゃと⁉　お、おぬ、おぬしッ！　気安く呼び過ぎではないか⁉　うらやま――けしからん！』

大きな翼を威嚇《いかく》するように最大限まで広げる。

また暴れ出すのではないか、と団員の皆はすぐさま距離を取るが、私はそのままじっとガルラ様を見つめた。

今、羨ましいと言いかけたの、バッチリ聞こえましたよ星獣様。

「怪我はないか、リン。彼女の対応は俺がする」

慌てて駆け寄ってきたジークフリードさんは、ふわりとマントをはためかせて、私の存在を隠すように右手を横に伸ばした。

いつも私は彼の背中に守られている。

でも、今回ばかりは隠れているわけにはいかないのだ。

私の推しはジークフリードさんだもの。誤解を解かなければ。

「大丈夫です。少しだけわた……僕に任せてください。あと、僕はリンゾウですからね」

「――あ。そうだった。すまない。……無理はするなよ」

小さく笑って前に出た。そしてガルラ様に近づき、耳を貸すように合図をする。

なんと言ったら良いのか。

伝える言葉を迷ったが、私は素直にジークフリードさんの素晴らしさ――性格や行動はもちろんの事、ふいに見せる笑顔の素敵さや拗《す》ねた時の可愛さなどを語りつくした。

もちろん小声で。

後ろに本人がいるのに、面と向かって伝えるに等しい行為は出来ない。さすがの私にも羞恥心くらいはある。

ちなみにガルラ様の反応は『……あ、うむ。そうか。おぬしの言いたい事は分かった。謝るからもう大丈夫だぞ。うん』と若干引き気味なのが気になったが、分かってはくれたようだ。

私は安心すると共に、そちらの「ジークちゃん」呼びだって距離が近すぎてズルいとだけ付け加えておいた。

『う、うむ。おぬしの熱意は伝わった。悪かったな、リンゾウ』

「いえ。こちらこそすみませんでした。本人から面識がないって聞いていたものですから、そこまで反応されるとは思わなくて」

『おぬし、もしかして知らんのか？　マルコシアス様は魔族の中でも最高位に位置するお方じゃぞ？　人間如きがそう易々と出会えるお方ではないし、いくら比較的温厚だと噂されておっても、あのような愛称で呼ぶなど……正気の沙汰《さた》とは思えぬぞ』

「最高位……？」

普段の「ご主人様」と呼んで私をからかってくる彼の姿が脳裏に浮かぶ。

確かに。最初に出会った頃は、吸い込まれそうな赤い瞳と相まって、浮世離れした雰囲気を纏《まと》っていたが、今ではもう不器用な世話焼きお兄さんといった認識でいた。

星獣であるガルラに「様」付けされている上、ここまで畏怖と憧れを抱かれているとなると――もしかすると魔族の最高位って私が考えているよりも、もっとずっと凄いのかもしれない。

最初から分かっていたのなら、マル君もこの遠征に協力してもらっていたのに。

レストランテ・ハロルドとガルラ火山との往復が大変かもしれないが、マル君なら魔族の影移動とやらで一瞬だろう。

ガルラ様との交渉だって、私より数段上手くやってくれたはず。

「あ、そうだ。良かったら話しますか？　呼べば来てくれると思うのですが」

『よ、呼ぶ？　はぇ？　マルコシアス様を呼びつけられるとでも言うのか⁉』

転移魔法でメモを送ったら、後は私のブレスレットを頼りにここまで来てもらえば良いだけだ。

現れたらすぐに「絶対にご主人様とだけは呼ばないで」と口止めしなくてはいけないけれど。

マル君はガルラ様とほとんど面識がないと言っていた。

マル君呼びを羨ましいと思うのなら、正面から出会ってみたいはず。それに彼がいればこれからの洞窟調査も楽になる。

私はさも名案とばかりに「来てもらえるよう、善処します！」と胸を叩いた。

しかし――、ガルラ様は目にもとまらぬ速さで首を横に振り、最大級の爆弾を投下した。

『ま、待つがよい！　というか待って！　本当に待って！　無理じゃ無理！　あの方にここで出会うてはダメじゃ！　喜びのあまり、妾、噴火させてしまう……！』

「ふ、噴火⁉」

私はすぐに「分かりました！　すみません！　今のなし、なしで！」と提案を引っ込めた。

噴火はヤバイ。

何のためにライフォードさんやハロルドさんが同行できなかったと思っているのか。

マル君、罪づくりすぎでしょう。

ガルラ様とマル君。両者とも相手の事を知っているのに、それほど面識がなかったのには理由があるとガルラ様は言った。

なんでも、あの凍えるような瞳に見つめられたら興奮で燃え尽きてしまうから、出来る限り視界に入らないようにしていただとか。たまにふっと柔らかく笑う瞬間が筆舌《ひつぜつ》に尽くし難い程に素晴らしくて、周囲を燃やし尽くしてしまいそうになるから早々に現場から離脱するのだとか。

その他色々。

完全に乙女《おとめ》だったよ、ガルラ様。

外ならば少しくらいは抑えられるが、彼女のテリトリーであるガルラ火山内だと、噴き出している火柱や地中を流れるマグマの全てが彼女の感情一つで爆発してしまうらしい。

感情と能力とが直結しているからこその悩みだ。

でも気持ちは分かる。

私の感情と魔力とが直結していたら、ジークフリードさんに触れるだけで団員さんを感電させ、彼が笑うたびに周囲のものを丸焦げにしてしまう自信がある。

ガルラ様は良く耐えていると思うわ。

「あ！　では、今回の遠征報告にこっそりガルラ様の話も混ぜてマル君にお伝えする、というのはどうでしょう?」

『妾の……事を……?』

「はい。とても綺麗で可愛い方だったとお伝えしようかと」

直接出会えないのならば、これくらいしか私に役立てる事はなさそうだし。

口を開かなければ生来の神々しさとグラデーションの美しさで見惚《みほ》れてしまうガルラ様。しかし一度口を開けばおちゃめで可愛い性格だと分かった。

嘘は言っていない。

全部本心である。

これで特別何かが起こるわけではないが、マル君の中にちょっとでもガルラ様を印象付けられたらな、と思って提案してみたのだけれど――ガルラ様は目をぱちくりさせて、私の首筋に自分の頭を擦り付けてきた。

毛並がふわふわで気持ちいい。

『リンゾウ、リンゾウ～！　おぬし、なんて良い奴なのじゃ～！』

「喜んでもらえるのなら、僕、頑張りますね！　あ。その代わり、といってはなんですが、結界の様子を教えていただけると嬉しいです！」

『結界？　ああ、そのせいで今回はいつもより早めにやってきたのか。ご苦労じゃったな、皆……といってもリンゾウにしか聞こえぬか』

ガルラ様は少し考えるように団員さんたちを見回した後、「うむ」と頷いて自身の羽を小さく折りたたんだ。

『リンゾウに通訳させるのも面倒だ。良い。気が乗った。此度《こたび》は特別に人と会話を試みてみるか』

まばゆい光が周囲を照らし思わず目を閉じる。

人との会話――まさかマル君と同じで人型になる事が出来るのだろうか。

瞼《まぶた》の裏側から光が収まったのを確認し、うっすらと目を開けてみる。

先ほどまで巨大な鳥が鎮座していた場所に、一人の女性が立っていた。

太陽の光を浴びて、透けるようにキラキラと光るプラチナブロンドのロングヘア。きりりと吊り上がった瞳が意志の強さを物語る。

もはや素肌の方が多いのではないか、というくらい布面積の少ない黒のロングドレスを着用しているが、驚くほどに似合っていた。

これが、彼女の人型。

とんでもない美女ではないですか。

梓さんが大和撫子《やまとなでしこ》系美女だとすれば、ガルラ様はナイスバディの妖艶系美女だ。

人と違う点があるとすれば、背中から小さいながらも紅色の羽が生えている事くらいか。マル君と違って完全に人型、とはいかないらしい。

「この姿ならば人語を話せる。皆、いつもご苦労だったな。妾はガルラ。この山を司《つかさど》るものじゃ」

ガルラ様が言葉を紡《つむ》げば、後ろから大歓声が上がった。

そりゃそうよね。

男所帯の遠征中に、星獣様とはいえこれほどの美女が目の前に現れて自分たちを労《ねぎら》ってくれたのだもの。

特にヤンさんのはしゃぎっぷりは凄まじく、雄叫《おたけ》びをあげながら両手を高々と空に掲げていた。

すぐにアランさんから頭をひっぱたかれていたけれど。

「星獣ガルラよ。まさか貴方と言葉を交わす日が来ようとは。改めて、私は第三騎士団団長ジークフリード――」

「よいよい。おぬしの事はよおく知っておるよ、ジークちゃん。全く、見た目が変わっても妾は妾じゃ。面倒な前置きはいらぬ。本題に移るぞ」

「む。ジークちゃんという呼び方は止めてもらいたいのだが」

「ふふ、相も変わらず真面目《まじめ》な男じゃのう」

ガルラ様は笑って、ぺちんとジークフリードさんの額を人差し指で弾いた。

まるで子供を相手にするような仕草である。

星獣の寿命は人間のそれよりも遥かに長い。彼女にとっては、たとえジークフリードさんであっても子供のようなものなのかもしれない。

――それはそうと。

驚いて目を瞑《つむ》った後、困ったように眉を寄せるジークフリードさんの表情は垂涎《すいぜん》ものなので、こっそりと網膜に焼き付けておく事にした。

「結界については問題なく作動しておる。ジークちゃん、おぬしの危惧している点はなんじゃ？」

「では少し長くなるが、ご静聴を。――マーナガルムの森で、結界で阻まれているはずの魔物が結界外で見つかった。結界の方は問題なく作動していると確認済み。我が国では、突然変異体として星獣の結界を逃れる魔物が現れたのではないか、との見方が多数を占めている。また今回、同じ星獣である貴方の領域内でも同じことが起こるのではないか、と調査しに参った次第だ」

「ほう、なるほどなぁ。あい、分かった。安心しろジークちゃん。答えは逆じゃ」

「逆？」

「ああ」

くるくると、黄金色の髪を指先で弄《もてあそ》びながらガルラは頷いた。

「魔物が強くなっているのではない。逆なのじゃ。奴らは弱くなっている。故に常時ならば結界内に留まるべき上の下レベルの魔物が、結界外に出てしまったのじゃろうな」

ガルラ様が張る結界は、ある程度強力な魔物のみを外に出さぬよう閉じ込めるもの。しかし、魔物たちが総じて少しずつ弱くなった事により、ギリギリ結界の適応範囲内であった下位の魔物たちが零れ落ちて外に出てしまった。――と。つまりはそういう事か。

「ここに来るまで、いつもより熱いと感じなかったか？　あれは結界の強度を増したからじゃ。多少弱くなったとはいえ、いきなりあれらを解き放つわけにはいかないのでな。ゆるりと元には戻していくつもりじゃから、そう伝えよ」

「熱いと思ったが、なるほどな……。分かった。心得た。ところで、魔物が弱体化した理由に心当たりは？」

「ふふん、個体としてのおぬしらは好いておるが、こと人間においては魔族よりも非情であるからな。妾からは言えぬ。知りたければ己で解明して見せよ」

私がこの世界に連れてこられた日、いつもより魔物が活発化しているとジークフリードさんから聞いた。

ガルラ様の話が正しいのなら、魔物が弱まっているせいで結界外に抜ける魔物の量が増えて相対的に活発化しているように見えた、と考える事も出来る。

ううむ。難しい。

私が頭をフル回転して魔物について考えていると、ガルラ様が私の腕に抱きついてきた。「リンゾウ、行くぞ」と私が男なら即落ちているだろう、蕩《とろ》けるような笑み付きで。

おかげで考えていた事なんて紙ふぶきのようにぱらぱらと散ってしまった。まぁ、専門家からすればお粗末な内容だっただろうから、別に良いんだけど。

「さぁ、さっさと洞窟の魔物を駆逐しに参ろうぞ！　安心せい。此度は妾も付き添う。最近は調子が良くてな。昔ほどとはいかんが、妾の能力も回復しておるのじゃ！」

「あ、あの、僕は休憩してろって団長に……」

「駄目じゃ！　おぬしは妾の活躍をしっかりと見なければならぬのじゃ！　もう一度言うぞ。おぬしは、妾の素晴らしい活躍を！　しっかりとその目に焼き付けねばならぬのじゃ！」

マル君に報告するためですね。はい。

「団長、僕も付き添いますね」

諦めたようにジークフリードさんに告げれば、「すまない。この遠征の詫び――いや、礼は必ず君に返そう。待っていてほしい」とガルラ様に掴まれている腕とは別の方の手を取られ、ぎゅっと握られる。

右手に美女。左手に美男――又の名を推し――ってこれ、贅沢すぎる状況ではないでしょうか。

あれか。

両手に花って正にこの事ですか。

「こらこら、ジークちゃん。今、リンゾウは妾の相手をしておるのじゃぞ。横取りはいかんな」

「何を言っているのか、ガルラよ。現在リンゾウ君は我が団の団員。私の庇護《ひご》下にある。許可なく触れて良いとお思いで？」

「ほう。まさかジークちゃんと争う羽目になるとはのう？　そうじゃ。ただ魔物を駆逐するだけでは面白くないと思うておったところじゃ。どちらが多く魔物を退治できたか、勝負といこうではないか。のう？　ジークちゃん」

「ああ、それは面白そうだ。ただし、最後くらいは格好つけたいので、手加減はしないが……よろしいか？」

「ふふふ。誰にものを言うておる」

「ははは。いつものガルラならすぐ疲れてしまうだろう？」

遠目から見たら爽やかに笑い合っている場面に見えるかもしれないが、何故か中心にいる鎧人間からすると、バチバチと火花が散っているのがよく分かるので全く癒《いや》されない。

せっかく美形に挟まれているというのに。もう、なんでこんな事になっているの。両腕が塞がれているくらいではなんとも思わないので、喧嘩はやめてください。

冗談めかして「私の為に争わないでー……なんちゃって」とか言ってみようかと思ったが、美形たちからの圧が凄くて言葉が紡げなかった。

「では、リンゾウは後ろで見ているが良い！　ただし、妾から目を離すでないぞ！」

「それはずる――ンンッ、それはリンゾウ君が決めるものだ。リンゾウ君、魔物に気を付ける以外は好きにして良いぞ！」

我先にと洞窟に飛び込んでいく二人。

続いて私と団員さんたちも洞窟内に入る。

強力な魔物を封じ込めているという洞窟だったはずなのだが――ガルラの魔法が炸裂し魔物を焼き払ったかと思えば、ジークフリードさんの剣が縦横無尽に飛び回り、残りの魔物を片っ端から串刺しにしていく光景は、圧巻としか言いようがなかった。

結果、最後の難関だと気合を入れた団員たちの決意もむなしく、二人の活躍により、とんでもない速さで洞窟内の魔物は駆逐されたのだった。

ちなみに、討伐数は僅差《きんさ》でジークフリードさんが勝ったらしい。

大雑把《おおざっぱ》に焼き払おうとするガルラに対し、確実に息の根を止めていくスタイルのジークフリードさんが、彼女の取りこぼしすらもサクッと片づけていったためだろう。

＊＊＊＊＊＊

早朝。

外はまだ薄暗い。

私はノエルさんの背からひょいと顔を出して前方を見据えた。前を走る馬と団員たちの隙間から王都の門が見える。

精巧なツタの金細工が印象的な巨大な白い門。

あれをくぐれば私はリンゾウからリンに戻る。

上りは本当に暑さと魔物で大変だったけれど、下りはガルラ様の計らいでとても楽に下りる事が出来た。

討伐によって魔物が減った事もあり、騎士団が山を離れるまでの限定ではあるが、結界の強度を下げてくれたのだ。

おかげで熱さが抑えられ、行きとは比べ物にならないくらいスムーズに下山できた。

有り難い。

こうしてガルラ火山遠征はつつがなく終了し、私たちは無事王都に到着した。

基本、王都まで戻ると解散なのだが、私を除く第三騎士団のメンバーは全員一度城に戻るらしい。

なんでも馬を繋いでこなければいけないから、だとか。

私はノエルさんに背に乗せてもらっていたので、一足先に解散という運びとなった。

「俺は報告もあるので残念ながら付き添えないが、ノエルに送らせよう。あいつの馬は俺が引き受ける」

「僕なら構いませんが……僕で良いですか？　リンゾウ君」

「いえいえ滅相《めっそう》もない！」

ジークフリードさん、ノエルさんの提案に、私は首を横に振って断る。

ノエルさんも疲れているだろうし、子供ではないのだから一人で帰れる。——などという建前で誤魔化したが、レストランテ・ハロルドにまでついてこられてはマズい、というのが一番の理由だ。

私が魔女本人だとバレてしまうではないか。

せっかく仲良くなれたのに、人間を飼っているヤバイ女だと思われるのだけは避けたい。

切実に。

そんなこんなで、私は今、一人でレストランテ・ハロルドの前に立っていた。

心の奥底がじんわりと温かくなる。

郷愁の念を覚えるほど長く住んでいるわけではないが、やっと帰ってこられたんだなぁ、と感じるくらいには愛着のある店だ。

第二の実家、みたいなものだろうか。

「ただ今戻りました！」

扉を開けると、チリンと涼やかな音が鳴った。

店内にてくつろいでいたマル君は、分かっていたぞとばかりに唇を弧の形に歪める。そういえばブレスレット兼ＧＰＳを持たされていたのだった。

「お帰り」

「あれ？　マル君だけですか？」

「お前が帰ってくるまで意地でも起きている、と言っていたんだが、睡魔には勝てなかったらしい。つい先程ぶっ倒れたんで寝室まで運んでやったところだ」

愉快そうに笑うマル君の表情から、ハロルドさんがどういった状況だったのか容易に想像できた。

全く、ハロルドさんってば。無理をしなくても良いのに。

「あの、今回二人には本当にお世話になったので、何かお礼を――」

「そういうのは明日以降で良い。お前も疲れているだろうから、さっさと休め。頭も体もさっぱりスッキリさせてから話を聞く。それで良いだろう？」

「……そうですね。確かにちょっと頭回らないかも。ありがとうございます。お言葉に甘えます」

今日一日、私もハロルドさんもベッドから動けないので、店は臨時休業という形をとらざるを得ないだろう。

さすがにマル君一人に店の切盛りを任せるわけにはいかない。

貼り紙とか用意しておくべきかな。

そんな事を考えていたら「お前たち二人はゆっくり休むべきだ」とマル君に怒られた。私の考えなどお見通しか。

どうやら、お客様への諸々の説明などはマル君が一手に引き受けてくれるらしい。本当、なんだかんだ言って優しい魔族様である。

ガルラ様の気持ちがちょっとだけ分かったかも。

鎧と騎士服を脱ぎ、ハロルドさんに無理を言って作ってもらった風呂場——最近ではマル君もお気に入りだそうだ——で身体をサッパリさせてから布団にダイブする。

魔力切れで疲れているのに使ってもいいのだろうか。

不安になってマル君に尋ねると、「もう沸かしてある。というか、そのせいでギリギリのラインを越えたんじゃないか？」との事だった。

ハロルドさんには本当に無茶をさせてしまったと思う。

本当にハロルドさんにはお世話になりっぱなしだ。

お礼を——そう、お礼を何か考えなくてはいけないのだが、今日はもう駄目かもしれない。

ふわふわと温かい布団に包まれると、急激に思考が鈍っていくのが分かる。

私ってばちゃんと疲れていたんだな。ジークフリードさんの前では、心配させまいと肩肘を張っていたものね。

一度目を瞑ると、再び瞼を開ける事が出来ない。

ああ、眠い。とても眠い。

そうして私は、徐々に眠りに落ちていった。

＊　＊　＊　＊　＊　＊　＊

目が覚めたとき辺り一面真っ暗で、まだ瞼を閉じたままだったかと一瞬混乱した。どうやらぐっすりと眠りすぎて夜になっていたみたいだ。

窓の外から微かに差し込む月明かりだけが、唯一の光源だった。

このまま朝まで眠ってしまっても良いのだが、喉《のど》が渇《かわ》いたので私はカーテンを閉めてから一階に下りる事にした。

漏れ出る明かりと喋り声から、店の方にはハロルドさんとマル君がいると分かる。

丁度いい。ガルラ火山の報告をしようと思っていたところだ。

「ではおいで、フェニちゃん」

名前を呼ぶと、夜の闇からじんわりと溶け出すかのように炎が一つ、現れた。それは徐々に形を変え、鳥の姿へと変貌する。

まるで小さな不死鳥。フェニックスのようだ。よってフェニちゃんと名付けた。

安直だと思うが、私のネーミングセンスなんてそんなものだ。

この子はガルラ様から預かった彼女の分身。さあ下山だ、という時に腕を掴まれ、そっと肩に乗せられた。

「リンゾウ。おぬしには特別にこやつをやろう。妾の魔力で編んだ鳥じゃ。名前を好きにつけるがよい。普段は空気に溶け込んでおるが、呼べば実体化し、おぬしの役に立つであろう。妾との通信も可能じゃ。もう一度言うぞ、妾との、通信も、可能じゃ！」

——といった具合に軽い説明を受け、強制的に押し付けられたのがフェニちゃんだった。

拒否権はなかった。

言葉が進むにつれ表情と声色に熱が籠《こ》もりだしたので、重要なのは通信が可能という点なのだろう。

分かっております。

マル君にちゃんと報告できたか聞きたい。あわよくば、どんな風な反応をするか知りたい、という事ですね。了解です。

ちなみに「まぁ、妾の分身じゃし？　炎ならかるーく操れるぞ」とのこと。

凄いぞフェニちゃん。

「ガルラ様、そろそろ報告に向かおうと思っています」

フェニちゃんにそう声をかけると、彼女は「キュイ」と鳴いた。多分、了解したとかそんな感じで頷いてくれたのだろう。

いくら翻訳チートな魔法がかかっていても、動物にカテゴライズされているモノには効かないようだ。

『ふぇに？　と名付けたのじゃな。おぬしの考える名はリンゾウと良い、不思議な響きをしておるな』

フェニちゃんから聞こえてくるガルラ様の声。

どうやら同期が完了したらしい。

フェニちゃんはガルラ様の分身といえど、一度切り離した状態だ。

それを同期することによって、フェニちゃんを通して周囲の様子を知り、声を発することができる。同期後はガルラ様と同一でもあるので、「キュイキュイ」と鳴いていても言葉に変換されるみたい。

「驚かないんですね、私のこと」

『妾を誰だと思うておる。おぬしがおなごである事くらい、最初から分かっておったわ。しかし、顔を見るのははじめてじゃな。うむ、覚えたぞ、リン』

お前は誰だ、とか。リンゾウはどうした、とか。色々質問が飛んでくると思って身構えていたから驚きだ。説明は不要みたい。

さすが星獣様。

でもどうして名前まで――と少し考え、そういえば慌てたジークフリードさんが一度だけ私を

「リン」と呼んでいた事を思い出す。

自分の感情に素直な直情型乙女なガルラ様だが、観察すべきところや失言などは見逃さない聡明さも持ち合わせているらしい。

凄い。私もガルラ様や梓さんみたいに格好よくなりたいものだ。

『同期は意外と疲れるのじゃ、急ぐぞ！』

「了解です」

ガルラ様に急《せ》かされるまま、さっさと階段を降りていく。

一階の食堂には、ハロルドさんとマル君が向かい合ってテーブルに座っていた。

帰ってきた時のマル君の反応から思ったんだけれど、あの二人、私がいない間にまた随分と仲良くなったみたい。

冗談を言って笑い合っている二人を見て、なんだか嬉しくなった。

「おはよう……にはちょっと遅すぎますよね。こんばんは」

「リン、起きたんだね。でも僕も今起きたところだから、おかしくはないかも」

「あはは！　じゃあおはようございます！」

「うん、おはよう。お互いぐっすり眠ったものだね」

金色の瞳が、柔らかく細まった。

久し振りに会うハロルドさんは、少し目の下に隈《くま》ができているような気もするけれど、思っていたよりも元気そうで安心した。

近づいて二の腕をつかみ、全身をチェックする。

うん。大丈夫。

「ちゃんとご飯は食べていたみたいですね。偉い偉い！」

「もう、リンまで何。この世話焼き魔族サマが律儀にご飯作って、あまつさえ食欲のない日も無理やり押し込んでくれたおかげで元気ですよー、全く」

拗ねたようにそっぽを向くハロルドさん。

この人、面倒になったらご飯くらい抜いても問題ない考えの人だから、ちょっと心配していたのだ。マル君ナイス。グッジョブです。

ちなみに私の肩に乗っているフェニちゃん兼ガルラ様から『手料理……マルコシアス様の手料理……』と、怨嗟《えんさ》のこもった声がボソボソと耳に届いてきたが、聞こえないふりをしておいた。

これはツッコんではいけないやつだ。

下手をすると飛び火する。ガルラ様だけに。

「ところで、リン。君の肩に乗ってるそれは？　また変なものを拾ってきたんじゃ……いや、この魔力量に形……いやいやいやまさかね。いくらリンでも、そんな事……」

「すみません、紹介が遅れましたね。この子はガルラ様の分身みたいなものです。名前をフェニちゃんです！」

「なんて？」

「フェニちゃんです！」

「そっちじゃなくて！　ってリンに言ってもダメか！　本当に君は僕の想像の斜め上をかっとんでいくなーもう！」

私、何か変な事でも言ったのだろうか。

ハロルドさんは頭をぐしゃぐしゃと掻き回した後、疲れきったように机に突っ伏した。

「どうやら、よほどガルラに気に入られたようだな」

「いやいやいや気に入られている、なんてレベルじゃないでしょそれ⁉」

両手でテーブルを叩き、反動で身体を起き上がらせるハロルドさん。

「あのね。リンは知らないだろうから教えてあげるけど、それ凄いことなんだよ？　僕が遠くから魔法を操作しているのとは訳が違う。たとえるなら自分の魂を切り離して貸し与えているようなもの。だから自分自身の力は弱まるし、攻撃されると本体にダメージがいく。この意味わかるよね？」

魂を切り離す。自分自身の力は弱まる。攻撃されると本体にダメージがいく。

私はガルラ様から何も聞いていなかったので、危険な言葉のオンパレードに慌ててフェニちゃんの方を向いた。

ガルラ様との約束で、二人が同期中だとは口が裂けても言えないのだ。

私は「ガルラ様」と開きかけた唇を閉じ、じっとフェニちゃんを見つめる。

しかし予想に反して、彼女は問題ないとでも言いたげにキュイと鳴いた。翻訳魔法が発動したのか、『誰に問うておる？』と言っていることが分かった。

ハロルドさんの形相《ぎょうそう》から、大変な預かりものをしてしまったのかと狼狽《うろた》えたが、意外にも当の本人は問題にすらしていないようである。

寿命が違うと魂の重要さも違うのかな。

「分身か。なら、俺の分身も付けておくか。ほら、持っていけ。影を使って立体物を作るくらいしか出来ないが、上手くやれば攻撃手段にもなるぞ」

飴《あめ》でもやるか、というレベルの気楽さで、自身の影からコロンと丸い子犬——マル君の正体からして狼なのかもしれないが——を引っ張り出し、私に投げて寄越した。

いくら魔力の塊とはいえ、見た目は子犬。

私は落とすまいと必死でその子をキャッチする。

ガルラ様といい、マル君といい。気軽に大事な分身を預けようとしないでほしい。いや、傷つけたり無理な命令を行使しようとは思わないけれど、こっちの心労も考えてほしい。

「私に拒否権は？」

「ないに決まっているだろう。タダなんだ。もらっておけ」

「もらっておけって、そんなモノみたいに……はぁ、わかりましたよ」

子犬——黒柴に近い見た目をしているが、眉と口元に白い毛が生えている以外は全て漆黒。うるんだ真ん丸の瞳すらも真っ黒で、鏡のように私の顔を映していた。

彼は短い腕を必死に伸ばしてぺちぺちと私の鼻頭《はながしら》を叩くと、満足したのか空気に溶けるように姿を消した。

「可愛いッ」

うずくまって喉《のど》から言葉を絞り出す。

何なの、この子は。マル君の分身とは思えぬ可愛さだった。癒し力が半端ない。

ちなみに肩に乗っていたはずのフェニちゃんも、なぜか床に転がって震えていたので私と同じ気持ちなのだろう。

「ガルラ火山のような制限のある場所には連れていけないだろうから、その場合は店に置いておくと良い。鳥も同じだ。常に身につけて歩く必要はないぞ」

「僕の中の価値観が音を立てて崩れていくんだけど……。これだから魔族様は……」

「なんだ？　お前も欲しいのか？」

「いらないよ‼　もう馬鹿じゃないの。常識ってなんだよ……」

もう一度テーブルに倒れ伏すハロルドさん。

出会った当初は飄々《ひょうひょう》として掴みどころのない自由人だったのに、彼を上回る自由人が現れたせいで最近はもっぱらツッコミに回っている気がする。

これはこれでちょっと面白いから、助け舟は出さないでおこう。

「あ、マル君。あの子の能力、影で立体物を作れるって言いましたけど、鍋とかフライパンとか作れたりします？」

「うん？　そうだな、作れるのは作れるが、そのまま使うのはお勧めしないぞ。浄化の膜でも張れれば問題なく使えると思うが……」

「浄化の膜？」

「ああ。聖女サマならできるはずだ」

つまり梓さんが傍にいれば調理機材として使用しても問題ない、という事か。また梓さんに頼んで実験させてもらおうかな。

報告を始める前に、右へ左へ話が脱線していく。

自由人が集まるレストランテ・ハロルドの面々らしいが、さすがにガルラ様を待たせ過ぎている。

ガルラ様と同期中のフェニちゃんは、キュキュイと呆れたように鳴いた。

すみません。そろそろ本題に入ろうと思います。

「あー、えっと、ガルラ火山遠征についての報告とかしておこうと思うんですけど、二人とも今からでも大丈夫ですか？」

私の問いかけに、マル君は面倒くさそうに、ハロルドさんは疲れ切った表情で頷いてくれた。


報告といっても、全ての事柄を事細かく伝える必要はない。

山に登る辛さ苦しさなどは軽めに、魔物や結界の状況などは詳細に言葉にする事にした。

私の苦楽などは酒のつまみ程度にしかならないが、ガルラ火山の実情は情報の宝庫だ。ただし、ジークフリードさんに変装がバレた時の事だけは二人とも食いついてきたので、少しだけ詳しく話した。

最初は面白おかしく聞いていた彼らだったが、最終的に「いやいや、ジークそれ……うわぁ……」「なんなんだ、その男……」と遠い目をしながら、二人揃ってため息をついていたのが印象的だった。

別に可笑《おか》しな話はしていないつもりなのだけれど。

謎である。

もちろん、最大のミッションである「ガルラ様は、洞窟の討伐《とうばつ》にも協力してくれる優しさと、魔物を容赦《ようしゃ》なくたおす力強さを持ち合わせた素敵な星獣様だった」といった内容も違和感なく話題に滑り込ませられたと思う。

マル君からは「そうか」という淡泊《たんぱく》な反応しか返ってこなかったが、ガルラ様としては想定の範囲内だったらしい。満足げに私の肩で羽を休めている。

「――以上です。ご清聴ありがとうございました！」

「魔物の弱体化、か。それは盲点だったかも。確かに、言われてみれば納得できる点も多い。魔物が総じて強力になって結界を破ったのなら、マーナガルムの森で出会った魔物以上に強力な魔物が外を徘徊《はいかい》していてもおかしくなかった。けど、僕たちはそれらには出会わなかったし、森の外へそれらが出る気配もない」

結界の強度は三段階に分かれている場合が多いとハロルドさんは言った。

彼はテーブルの上に紙を敷き、大きな三重丸を描く。

例えば三重丸の一番内側。これが強度の高い結界だ。強力な魔物を封じ込める代わりに、星獣が解かなければ出る事も入る事も出来ない。

真ん中の丸は中間地点。ある程度強力な魔物を閉じ込めておくもの。

そして外側の円。これはマーナガルムならマーナガルムの森全体。ガルラならガルラ火山全体をカバーしている結界だ。

弱い魔物しか閉じ込められないが、人間の出入りは自由となっている。

――つまり星獣様付近の強力な結界を突破できる魔物が、全体を覆う微弱な結界を突破できないはずがないのだ。

強力な魔物が外に出ていたら、近くの町などに被害が及んでいたはず。

「ねぇ、マル君。魔物が弱体化する理由に心当たり、ある？」

「……リン、ガルラはなんと言っていた？」

人差し指でテーブルをトントン叩く。

苛立《いらだ》っている、というよりかは思案している、といった風だ。

言うべきか否《いな》か、悩んでいるのかも。

「人間は時に魔族よりも非情になれる。だから教えない。知りたければ自分で解いてみろ、と言っていました」

「なるほど」

マル君は私の肩からフェニちゃんを摑みあげると、自分の手のひらに置き親指の腹で優しく頭を撫でた。

これ、ダメなやつじゃないですよね。

山、噴火しないですよね。

「良い子だ。俺もその意見には賛成だな。臆病で傲慢《ごうまん》な人間は世界の利害など考えちゃいない」

「世界の利害……？」

マル君の意味深な発言にハロルドさんの眉間にシワが寄る。しかし、今の私はそれどころではなかった。

わが生涯に一片の悔いなし、みたいな表情で微笑んでいますけど、大丈夫なのですかガルラ様。

急いでマル君の手から彼女の奪還を試みるが、時既に遅し。

「解いてみろ、人間。この問題は案外、世界の根幹に関わるかもだぞ？」

「へぇ、僕に挑戦状？　良いね、そういうの。好きだよ。大好きだ」

「ああ。俺も生意気な台詞《せりふ》は大好きだぞ、ハロルド」

男たちが火花を散らす。

そして彼らの背景効果ばりに光の粒子となってサラサラと空気中に融けていくフェニちゃん。どんな状況ですか、これ。

結局、私の報告会はこれにてお開きとなった。

心配していたフェニちゃんは、どうやらガルラ様の同期が外れただけで別段問題はないみたい。

今は私の部屋でマル君の分身――安直ながらクロ君と名づけた――と一緒にじゃれ合っている。

こうして私の初遠征デリバリーは、二匹の可愛い仲間を手に入れて終了したのだった。

三章　襲来・第三騎士団

とぎれとぎれに浮かぶ雲。

その奥に見えるのは、透明度の高いブルーの空だ。

手を伸ばしても全く届きそうにない。空が伸びるわけがないのだけれど、心なしか高くなった気がする。

今は日本でいうところの秋に近い季節なのかもしれない。

息を吸い込むと、少しだけ冷たい空気が肺を満たした。こうやって自然を身近に感じられるようになったのは、この世界に来られたおかげだと思う。

空の色とか空気の匂いとか、そんな小さな違いを感じて楽しんでいたのは子供の頃までだった。

仕事を始めてからは周囲の様子に気を配る心の余裕なんてなかったもの。

そういえば、雨の匂いは好きだったな。

湿った土や石の匂いに埃っぽさが混ざったような、独特なものだった。

でも――木箱から溢れる甘い香りをいっぱいに吸い込んで、満足げに笑う。

やっぱり食べ物の匂いが一番好きかもしれない。

私はちょうど今、ダンさんのお店から焼きたてのパンを仕入れてきたところだ。

ダンさんとは少し前に色々あったんだけど、今はもう遺恨も何もない。

彼はレストランテ・ハロルドにとって有り難い常連さんであり、この世界の料理について、ハロルドさん以上に親身になって相談に乗ってくれる料理人でもある。

さすが長年料理を作っているプロ。

とてもためになる助言をくれる。

実はダンさん「料理で勝負するとどうしても貴方のお店を意識してしまうので、ちょっと別のアプローチをしようかと思いまして」と言って、レストラン兼パン屋として心機一転営業中なのだ。

そして、そのパンのプロデュースには私も一枚嚙んでいたりする。といっても、材料となる小麦粉などの分量を少し手伝っているだけ。

パン釜を準備したのも、パンを実際作っているのもダンさんであり、ダンさんのところの従業員さんたちだ。

特に元薬師《くすし》の友人という方が、まさに天職を見つけたように恐ろしい才能を見せ、めきめきと腕を上げていっている。

おかげでふわふわの食パンや、外サックリ中もっちりなクロワッサンなど、修業中なので種類は少なめだけれど、とても美味しいパンが並ぶお店になった。

味は美味しい、上手く食べ合わせれば効果もバッチリで、町での評判も上々だ。

最近のダンさんに笑顔が多いのも、これが理由だろう。

いや、もしかすると、家が燃えてから塞ぎがちだった親友が、やっと楽しそうに働く姿が見られて嬉しいのかもしれない。

ダンさんは優しいから、ずっと彼の事を気にしていたものね。

そして、プロデュースのお礼として、我らがレストランテ・ハロルドはダンさんの店のパンをかなり安価で仕入れる事が出来ている。

ウィンウィンの関係とはこういう事を言うのだろう。

実際、うちの店でパンまで焼こうとしたら人手が足りないもの。

「キュキューイ」

「こらこらフェニちゃん。勝手に飛んでいったら迷子になっちゃうよ」

ガルラ火山遠征が終わって一週間ほどがたった。

フェニちゃんやクロ君は店でのんびりしている事が多く、外に連れ出すことはあまりない。

最初、飲食店でペットはどうだろうと思ったのだが、彼らは魔法生物と呼ばれる部類らしく、毛も落ちなければ匂いもないので今のところ問題はなさそうだ。

フェニちゃんは男性客から、クロ君は女性客から人気で、うちの看板として頑張ってくれている。

二匹とも可愛いからね。

今日は久しぶりに外に出て街の活気に紛れているので、少しテンションが高いみたい。

フェニちゃんは私の頭上をくるくると三回転してから、いつものポジションである肩に止まった。

と思いきや、さっと飛び立って横道から出てきた人の頭に着地する。

「あれ？　ハロルドさん？　どうしてここに？」

「おや、リン。今帰り?」

ハロルドさんは頭上のフェニちゃんを人差し指でつつき、「僕の頭は止まり木じゃないんだけどなぁ」とため息をついた。

ではなくて。

フェニちゃんは何故かハロルドさんにだけ態度が尊大だ。

どうして彼がここにいるのか。まさか店はマル君に丸投げしているのだろうか。

駄目でしょう店長。

「当ててみせよう。リンは今、店の事について考えている。でもって、たぶん君の考えは大当たりだ!」

「大当たりだ、じゃないです! マル君怒りますよ! 大体、昼前だからって……」

「今日はちょっと用事があってね。早めに書類通しておかないと、場所とれないんだよね。まぁ、店内に人はいなかったから、マル君一人でも大丈夫でしょ」

「場所?」

首を傾げると、ハロルドさんはそうだった、と言わんばかりに目を細めた。

「そろそろ年が変わるからさ、色々催し物があるんだよ。年末は喪《も》に服するから厳《おごそ》かな感じだけど、年始はお祭りだよ」

「喪に? 誰の喪に服するんですか……?」

「あー、なるほど。君のいた世界とここでは、随分と暦《こよみ》の概念が違うみたいだね。店に帰るまでの道すがら、ちょっと話そうか」

日本にいたときほど明確な四季の移り変わりを感じていたわけではないが、この世界にも似たような移ろいはあった。だから自然と、同じような暦で生きているものと思っていたのだけれど。どうやら違うらしい。

向こうの世界で広く使われているがグレゴリオ歴、だったかな。

一年が３６５日。閏年《うるうどし》には３６６日になる。

日本で採用されたのは確か明治時代。元いた世界にも様々な歴があったのだから、そう考えると一年の感覚が違うのなんて当たり前だ。

ハロルドさんは私が抱えていた木箱をひょいと取り上げると、「君も帰りでしょ？」そう言って微笑んだ。

確かに。どうせ帰り道も帰る場所も同じなのだ。暦の概念くらい知識として頭に入れておいて損はない。

「マル君には悪いですけど、知っておきたいですし。お願いしても良いですか？　あと、持ってもらってありがとうございます」

「いえいえ。オーケー。じゃあ、少し早めのペースで歩きながら話そうか。この国は一年ごとに神様が生まれ変わるとされているんだ。だから古い神様が土に還って次に新しく生まれる日を新年、としているんだよ」

さすが魔法が使えるファンタジックな世界だけあって、暦すらも神話みたいな始まり方だった。

「神様といっても魔力の塊みたいなものらしいけどね。生まれた神様の質によって一年の暦が設定される。まぁ、よっぽどおかしな数値がでない限り、毎年同じような年月日になっているはずだよ」

さすがの僕も暦師じゃないから詳しくは知らないけど、とハロルドさんは付け足した。

暦師——話の流れからして神様の質をはかり、一年の暦を設定する役職なのだろう。計算で機械的に設定されていた元の世界とは大違いである。

「年月日ってことは、月もあるんですよね?」

「長さはその年の暦師が決めるから、年によってまちまちだけど、基本六ヶ月。そして月は神様の感情や状態を表していると言われているんだ。実際、気候とも連動してるしね」

生まれたばかりの神は、誰に守られるでもなく一人で生まれる。けどまだ子供の状態なので周囲の情報には疎《うと》い、だからまだ肌寒いくらいで済む——それが生誕月《せいたんづき》。

そして世界の汚れ——今は魔物という解釈が一般的らしい——そういうのに気付いて心を閉ざす凍月《いてつき》。気温も下がる。

次に、少しずつ人間の営みに気付き見守る守護月《しゅごつき》。気温も暖かくなってくる。

世界が希望に満ちていると知る祝福月《しゅくふくづき》。外に出ると暑いくらい活気に満ち溢れる。

そして、少しずつ神の力が弱っていく衰月《すいげつ》。

最後に、神が土へ還る神無月《かんなづき》。

「生誕月と神無月は他の月と比べて短いから、合わせて循環月《じゅんかんづき》と呼ばれる事もあるよ。今は丁度衰月の終わりごろだね」

「なるほど」

日本的に言えば、冬の始まりが生誕月、冬が凍月、春が守護月、夏が祝福月、夏の終わりから秋にかけて衰月、秋が神無月――と、大体こんな感じになるのだろうか。

「それで新年は神様の誕生を祝い、ついでに人々の賑わいや強さを実感してもらい凍月の寒さを緩和する、という意味も込めてお祭りになるんだよ。三日間くらい」

「三日間……楽しそうですね！」

「王都の場合、一日目は王族貴族のパレードが主。二日目は市民たちによる出店アンド夜は魔法使いたちによる夜空アート。三日目は騎士団や有志によるトーナメント。ぶっちゃけ三日目が一番盛り上がるかな。正直、チケットとれないと思うよ。毎年すごい人気でね、ジークやライフォードでも用意してもらうのは無理」

三日目のトーナメントは、来賓席《らいひんせき》を除いて完全抽選制らしい。

さすがに貴族席枠と市民席枠には分かれているが、神に捧げる試合のためコネもツテも使ってはならないとされている。

聞いているだけでも、恐ろしいチケット争奪戦が行われる気配しかしない。

騎士団という事はジークフリードさんも出るのよね。

見たい。凄く見に行きたい。けど、もともとチケット運が壊滅的に悪い私に、果たして確保できるのだろうか。

「はいはい、リンがなに考えてるか分かるけど、今ジークフリードの事より大切な事言ったんだけど？」

「ジークフリードさんの事より？　……あ。二日目！」

「遅い。出店、うちも出る予定だよ」

　ハロルドさんは呆れたようにため息をついた。

「え、でも出店って何するんですか？」

「うーん、毎年食べ物屋はけっこう好き勝手やってるかな。一番凄かったのは三年前。皆が思い思いに、味と値段度外視の研究成果を発表する場になった事があってね。うん、今でも市民の間では『奇跡のゲテモノカーニバル』と呼ばれているよ」

「字面《じづら》の破壊力凄まじいですね……」

「それが理由かはわからないけど、その年の凍月は本当に寒かったよ……」

　奇跡のゲテモノカーニバル。一体どんな惨劇だったのか。かなり気にはなるけど、とりあえず今は横に置いておこう。

　話を聞いている限り、本当に好き勝手しても良いみたいだ。

　もう少し祭りの内容を詳しく聞いてから、面白そうな事を考えてみようかな。できれば、レストランテ・ハロルドのお店に興味をもってもらえそうなものを。

「ああ、もう着いちゃったね。……あれ？　マル君？」

　目と鼻の先には、いつものレストランテ・ハロルドがある。しかし、店の前には苛立《いらだ》ちと困惑を湛《たた》えたマル君が、腕を組みながら立っていた。

そして私たちを見つけるなり飛んできて――。

「遅い！　さっさと中へ入れ。お前に客だぞ、リン！」

怒られた。

滅多に動揺しなさそうなマル君が慌てている。ただ事ではない。

私は言われるがままドアノブに手をかけ――開くなり、眼前いっぱいに広がった色とりどりの花たちに「へ？」と呆《ほう》けた声が出た。

花束だ。

「な、何？」

「貴方が魔女様でしょうか？」

「はい？」

花束から視線を外し、それを差し出している人物の顔を仰《あお》ぎ見る。

ああ、そういう事だったのか。

私は納得すると同時に、脱兎《だっと》の如く逃げ出したい気持ちに駆られた。まぁ、扉を開けてしまった時点で出来るはずもないのだけれど。

正面には花束を抱えたアランさん。

後ろにはテーブルに座ってゆったりとくつろいでいるヤンさん、ノエルさんの姿も見える。ガルラ火山遠征でお世話になった第三騎士団の面々だ。

騎士服を纏っている事から、仕事で来ていると分かる。

「突然お邪魔してすみません。身体のお加減はいかがでしょうか？」

「身体？　ええ、問題ありませんが……」

そうだった。

遠征時、魔女様は体調不良で寝込んでいる設定だったわ。「ご心配ありがとうございます」と小さく頭を下げれば驚いたように瞳が見開かれる。

大方イメージと違ったのだろう。

世間一般に流布されている噂によると、魔女様は「店長を差し置いて店を掌握《しょうあく》し、人間のペットを飼っているヤバイ奴。更に機嫌を損ねると、食べていた料理を毒にされる」といった酷《ひど》い人物像をしている。

いや、改めて言葉にすると本当に酷くないですかこれ。

一ミリたりとも真実がない。私一体どんな悪女よ。

苦虫を噛み潰したような、なんとも言えない表情で突っ立っていると、突然アランさんが私の足元に跪《ひざまず》いた。

春の陽気に誘われて芽吹いた若葉を思わせる、キラキラとした新緑色の瞳。それを愛おしげに細めて彼は微笑んだ。

眩しい。

ライフォードさんの作り込んだ王子様フェイスとはまた違う、穢《けが》れなき純粋無垢の笑みである。

ご主人様に会えて嬉しいと尻尾《しっぽ》を振る子犬みたいだ。心なしか、耳と尻尾が見えた気がした。マル君の何倍も可愛げがありそうだ。

「どうかこれを。我が第三騎士団団員から感謝の気持ちです。ガルラ火山遠征では、遠くから我々を支援してくださり、本当に、本当にありがとうございました」

差し出された花束。

芳醇《ほうじゅん》な甘さと、自然を感じさせる苦味の混ざった匂いが鼻孔をくすぐる。どうしたものかと悩んでいると、ハロルドさん、マル君から肩を小突かれた。

「とりあえず受け取ってあげなよ。僕たちも中に入りたいし」

「店に来た時から魔女様はどこだ、いつ帰ってくる、どんな人物だ、とやかましい事この上なかったんだ。対処はお前がしろよ、ご主人様」

ガルラ火山の遠征についていった事も、第三騎士団のメンバーをサポートした事も、全て私の我《わ》が儘《まま》。ジークフリードさんの為に私が勝手にやった事である。

そもそも遠征中は私も迷惑をかけたし、未だリンゾウの正体は私であるとは言えないまま。嘘をついたままなのだ。

だから一方的に感謝の言葉を述べられるのは、何か違う気がする。

少し、後ろめたい。

「お礼だなんて。どうかお気になさらず」

「……花、お気に召しませんでしたか？」

「いえ、そんな事は！」

不安げに瞳をゆらめかせて私を見るアランさん。

駄目だ。完敗です。私の負け。

こんな段ボールに入った捨て犬みたいな表情をされては、さすがの私も良心が痛む。

ええい、仕方がない。

小さな罪悪感ぐらい丸ごと呑み干して然るべきだ。もう細かい事は捨て置こう。今は純粋に「ありがとう」の気持ちを持ってお礼を受け取ればいいだけだ。

せめて目線は同じに、と地面に膝をつき花束を受け取る。

「お花、とても嬉しいです。店に飾りますね」

「あ、いや、僕、魔女様に膝をつかせるつもりで跪いたのではなく！　ですから、汚れますので！　その！　どうか立ち上がってください！」

先ほどまでの悠然とした態度とは打って変わって、慌てふためきながら私の腕を摑んで立ち上がるよう促してくる。しかし、すぐさま「し、失礼しました！」と手を離し、耳まで朱色に染まった顔を隠すようにうつむいた。

遠征時のアランさんは、確かに子供っぽい一面も持ち合わせていたが、基本冷静に物事を判断する人だったと思う。

それが今ではどうだ。

私の一挙一動にこうも反応を示すだなんて。彼の中で魔女様ってどんな立ち位置なんだろう。お願いだから普通の一般人として接してほしいものだ。

おいおい誤解を解いていかなければ。

「お前、慌てすぎだろ。落ち着けって」

「……む。ヤン、か」

ヤンさんは、固まって動きそうにないアランさんの襟首を掴んで後ろに引き、自然な所作《しょさ》で私に手を差し伸べてきた。

掴まって立て、という事よね。

お礼を言って手を握ると、力強く引き寄せられた。

おお、凄い。さすがヤンさん力持ち。

「魔女様、ヤンと申します。先日、ガルラ火山ではお世話になりました。本当はもっと早くお礼に伺う予定だったのですが、諸々の事情がありまして、遅くなりました事お詫び申し上げます」

一歩下がって私から離れると、胸に手を置いて小さくお辞儀をする。普段の粗暴さからは想像もつかないほど品のある振る舞いだ。

腐っても騎士様。格好良いぞ。

「っつーわけで。扉を塞いで悪かったな、お二人さん」

「お！　君、気が利《き》くねぇ」

振り向くと、私を楔《くさび》にして店の前には渋滞がおきていた。といっても、ハロルドさんとマル君だけだけれど。

そういえば店の中に入りたいからさっさと花束を受け取って退け、などと言われた記憶がある。忘れていた。

すみません、と謝れば、「じゃあ今日の昼ご飯担当はリンね！」「食器洗い担当もリンだな」と二人からナチュラルに仕事を押し付けられた。

今日のまかないはハロルドさん担当。食器洗いはマル君担当だったはず。

全く、仕方がないなぁ。

今日だけは甘んじて受け入れましょう。

「そうだ。そろそろお昼ですね。よければご飯食べていきませんか？　お時間があれば、なんですが」

「お、いいんスか？　じゃあ食っていきます」

「ぼっ、僕も！　是非！　食べていきます！　魔女様の手料理……！」

噛み締めるように胸の辺りで握りこぶしをつくるアランさん。

食堂なのだから私の手料理に希少性はないのに。

ここまで喜ばれると逆に恐縮してしまう。

「それから、えっと――」

唯一リンゾウの顔を知っているノエルさん。

いの一番に何かを言ってくるとすれば彼だと思っていたのだが、予想に反してティーカップを持ったまま一歩も動かない。それどころか、今の今まで全くの無表情を貫き通している。

まるで、フリーズでもしているように。

――いや、あながち間違っていないのかもしれない。

「大丈夫ですか？」

「……すみません。……ちょっと、理解が、追い付かなくて……」

ノエルさんは私の顔と地面とを何度も交互に見つめ、「あー、そういうことかぁ……」と気が抜けたようにテーブルに突っ伏した。

すみません。そういう事だったのです。

私は苦笑しながら「では、三名さまですね」と告げた。


花束から桃色のラッピングペーパーを丁寧に外し、一度テーブルの上に置く。

花瓶なんて洒落《しゃれ》たものは、残念ながら店に存在しなかったので、ハロルドさんが趣味で買ったらしい縦30センチはあろうドリンクジャーの蓋《ふた》をとって代用することにした。

予想通り。

パンの入った木箱を厨房《ちゅうぼう》へ置き、カウンターテーブルでくつろいでいた持ち主から、抗議の視線が寄せられた。しかし私が「使っても良いですか？」と問えば、「まぁ、長すぎて使わないからなぁ」と仕方なく花瓶として認めてくれた。

なんだかんだハロルドさんは甘い人である。

彼の隣に腰かけているマル君は、さして興味なさげにぼんやりと第三騎士団の面々を眺めていた。一応、彼らもお客さんなのだけれど。

メニューくらい持っていってほしいものだ。

私はドリンクジャーの中に水を汲み、花を差し入れた。

店にはカウンターテーブルと四人掛けのテーブルの二種類がある。主に活躍するのは四人掛けテーブルの方なので、カウンターの端に花を飾ることにした。

赤、白、黄、ピンク。

鮮やかな色合いの花たちが、レストランテ・ハロルドの店内に色彩を与えてくれる。

「うん。一気に店が華やかになった気がする。皆さん、ありがとうございます！」

今持てる精一杯の笑顔で感謝を伝えれば、騎士団の皆は照れ臭そうに笑った。

「それにしても、魔女様ッつーからどんな恐ろしい婆さんかと思ったら、フツーに可愛いお嬢さんじゃねぇか。ビックリしたぞ」

「ヤンさんってば、お世辞が上手いですね。そんな事言われても、ちょっとしかオマケできませんよ？」

「ちょっとマケてくれんのかよ！　魔女様ちょろすぎじゃね？」

ちょろいとは失礼な。

でも、お世辞でも可愛いと言われたら、嬉しくなってしまうのが乙女心《おとめごころ》というものだ。少しくらいオマケしても罰は当たらないだろう。

一応、ハロルドさんに視線を送って確認をすれば、「好きにしなよ」と返ってきた。

「ヤン！　お前、魔女様に向かって失礼だぞ！」

「いや、お前のその崇拝具合の方がヤベェだろ」

「す、崇拝⁉　ち、違う！　僕は――」

「イダダダッ！」

無造作にヤンさんの頭頂部を鷲摑む。あれは痛い。

禿《は》げてしまっては可哀想なので、やんわりとアランさんをなだめて、二人の距離をとらせる。

さすがに崇拝は言い過ぎだと思うが、彼は私を前にすると肩に力が入りすぎている節がある。

魔女だなんだと言われていても、それは噂に尾ひれがついて泳いでいったものだ。私自身はただの一般人。ガルラ火山遠征が上手くいったのだって、私だけの功績ではない。

ライフォードさんの兄心による助力要請や、マル君の位置把握、そして何よりハロルドさんが転移魔法を駆使してくれたからこそ、上手くいったのだ。

もちろん、ジークフリードさんや第三騎士団の皆の頑張りが大前提としてあるが。

だから、リンゾウくらい気楽に接してもらえると嬉しいのだけれど。

私はアランさんの中にいる魔女様像を覗き込みたくて、少しだけヤンさんに味方することにした。

「アランさん、どうかそう畏《かしこ》まらないでください。私は見ての通り一般人、ただの料理番です。もっと気楽にしていただいて大丈夫ですよ？」

「いいえ、魔女様は凄い人です！　ですから気楽にとか、そういうのは……いや、違うか」

アランさんは気恥ずかしそうに首を振った。

「僕、女性はか弱いもの、守るべきものだと教えられて育ちました。実際、そうあるよう接してきたつもりですし、騎士団に入って力もつけた。女性に守られるなんて事、想像の片隅にもなかった。でも――」

右手を摑まれる。

そしてそのまま、巣から落ちた雛《ひな》を優しく拾い上げるような繊細な手つきで、彼の手のひらに包まれた。

「軟弱者だと呆れられるかもしれませんが、今回のガルラ火山遠征、実はとても怖かったのです。仲間が薬瓶を割り、その理由もわからない。遠征の日を移動することも出来ない。薬は足りない。更にヤンを筆頭とするメンバーたちとはギスギスしていて……」

当時を思い出したのか、長い睫《まつ》毛《げ》が瞳にかかりつややかな影を落とす。

気付かなかった。

遠征時の第三騎士団は確かにギスギスしていたが、主にヤンさんの派閥《はばつ》が疑心暗鬼に陥っていた事が原因だと思っていた。

アランさん自身は飄々《ひょうひょう》としていて、普段通りに仕事をこなすべきと気負っている様子はなかったのに。

「貴方は我々の遠征が厳しいものになるだろうと、ライフォード様を通じてリンゾウ君を派遣し、ドリンクで支援してくださいました。調子が悪いにも拘《かか》わらず、です。決して前には出ず、それでいて後ろから力強く支える。お淑《しと》やかであるのに、頼れる女性。僕、そのような女性に初めて出会って、どう接したら良いのか、分からないのです……」

力強い瞳で真っ直ぐに見つめられ、自然と一歩後ろに下がってしまう。

困った。完全に勘違いされている。

私はリンゾウとして遠征に同行した上、後ろから支えるどころか前線に出張っていた人間だ。お淑やかとは真逆の立ち位置にいる。

どちらかと言えば、じゃじゃ馬だ。

でも、笑いの混じった声で「お淑やか」と小刻みに肩を震わせている彼らは、なかなかに失礼ではないだろうか。

約三名――ハロルドさん、マル君、それからノエルさん。貴方たちです。

レストランテ・ハロルドのメンバーだけなら、後でピリッと痺れさせますよ、くらいの気持ちでいられるのだが、まさかノエルさんまで混ざっているなんて。

地味にショックである。

もっとも、いくつか心当たりはあるので仕方がないといえば仕方がない。

自分の蒔《ま》いた種だ。潔《いさぎよ》く諦めよう。

「アランさん、女性は意外とあなたが思っているより強《したた》かで、どっしり構えているものですよ。私だけが特別なわけではありません。きっとこれから、そういう方にも出会っていくでしょう。だから、ぜひ、そう畏まらず自然に接してください」

「ですが」

アランさんは少し困ったように眉を寄せた。

その隙に、彼の手からそっと逃げ出す。

いつまでも手を握られているというのは、やはり居たたまれない。

「そうそう。つーか、力強い女性なら、黒の聖女様がいるだろ？　あの人はマジヤベェって。俺、この間手合わせお願いされて気ぃ失ったし」

「あのな、ヤン。あの方はなんかもう、女性とかそういう次元じゃないんだよ。わかるだろ？」

「まぁ、あの人は性別『戦士』みたいな人だからな。そういやお前、聖女ぎゃくえびがため？　ってやつ喰らわされたんだっけか」

「やめてくれ！　トラウマが蘇る！」

先ほどまでキラキラと眩しいばかりに輝いていたアランさんの表情が、一瞬で土気色に変わる。

梓さん、幼気《いたいけ》な青年にどんなトラウマ植えつけているんですか。というか、聖女逆エビ固めってなんですか。聖女関係ない気がするんですが。――ツッコミが追い付かないレベルのパワーワードに、私は頭を抱えた。

彼には同情を禁じ得ない。

「ね、ねぇ、リン。ぎゃくえびがためって何？」

「逆エビ固め、ですか？」

梓さんに対して後ろめたい事案があるらしいハロルドさんから、不安そうに尋ねられる。

どう説明すべきだろう。

正に名前の通り。腹側に丸まったエビとは逆方向に、足を反り返らせて締め上げる技なのだけれど。魚介類を食べる習慣がないこの世界の人に、エビって通じるのかな。そもそも存在しているのかどうかも怪しい。

私が悩んでいると、なぜかハロルドさんの顔色がみるみる蒼白く染まっていった。

「あ。あー、ダメダメ、痛い痛い痛いってそれ絶対痛いってば！」

「私なにも言ってませんけど……」

「リンが単語を口にしたから、映像が脳内に再生されたんだよ。酷《ひど》い技だこれ……」

なるほど。召喚者特典の翻訳チートのおかげか。

便利な能力である。

「なんでも聖女つければ良いってもんじゃないよ……」

ハロルドさんがカウンターに倒れ伏すと、彼の頭をぽんぽん叩きながらマル君が「当代の聖女は随分と過激なんだな」と呆れたように目を細めた。

本当に仲が良いわね、この二人。

だからこそ、今フェニちゃんとガルラ様が同期していなくて良かったと心から思う。『マルコシアス様の頭ぽんぽん、羨ましい……！』と、また隣で呪詛《じゅそ》を吐かれるところだった。

「魔女様！」

「は、はい……！」

振り向くと、アランさんが曇りなき眼でこちらを見つめていた。

「強い女性は存在するのでしょう。ですが何事も中間、中間が素晴らしいと思います！　ええ、その点、魔女様は理想です！」

「あはは、わぁ、ありがとうございます……」

今回の訪問だけで、彼の中の美化された魔女様像を打ち砕くのは難しそうだ。

リンゾウの正体を明かせば楽なんだろうけど、ライフォードさんから「リンゾウの件は内密に」と言われている手前、それは出来ない。

とりあえず胃袋ガッツリ摑んで常連になってもらおう。それから、ゆっくり私という存在に慣れてもらえばいい。

きっと、気を遣わなくて良い存在だと分かってくれるはずだ。

ドリンクを飲んだ時の反応を見る限り、うちの店の味は好みから外れているわけではなさそうだ。やってやれない事はない。

そうと決まればやることはひとつ。

「皆さん、そろそろ座ってください。オーダー取りますよー」


レストランテ・ハロルドは小さな食堂である。

入り口付近に四人掛けのテーブルが五卓あり、その奥にカウンター席が七つある。第三騎士団の皆は、これから昼にかけて人が来るだろうからと右奥のテーブル席を選んで腰かけた。

メニューを渡し、水の入ったコップを置く。

やはり今日の来訪は仕事の一環で、代表として三人が店に赴《おもむ》いたらしい。昼食休憩に当たるので少しくらいはお邪魔していられるが、長居は出来ないとノエルさんが説明してくれた。

ならばと提供に時間のかからなさそうなものを数点ピックアップし、伝えておく。

食堂なのだから、どれも手間はかけないよう工夫はしているが、それでも多少早い遅いはある。

「この料理番気まぐれパスタというのは？」

「私の気分によってソースの内容が変わるパスタです。常連さんに人気ですね」

急いで王宮に戻らなければいけないジークフリードさんも良く頼んでいるメニューだ。

ノエルさんにその事を話せば「ああ。団長が昼食になると、いつも急いでどこかに消えていたのは、そういう」と言ってくすくす笑った。

「じゃあ、僕もこれにしようかな」

「はーい。ではノエルさんが気まぐれパスタですね。お二人は？」

真剣にメニューと睨めっこしていたアランさんは、私の問いかけに慌てて顔を上げる。

摑んでいたメニュー表をぱたりと倒し、悩ましげに爪先《つまさき》でテーブルを引っ掻いた。

「全部」

「え？」

「――は、さすがに時間と胃袋が厳しいので、僕もノエルさんと同じで」

口惜しげにぎゅっと握り拳をつくるアランさんが可笑《おか》しくて、つい頬が緩んでしまう。

定休日以外は毎日絶賛営業中なので、いつでも食べに来てほしい。そして常連さんになってくれると更に嬉しい。

私は「また色々頼んでみてください」とはにかんだ。

「ンだよ、全員同じのかよぉ」

「ヤンさんは別のにします？」

「んー……いや、俺だけ違ったら二人からこぞって取られそうだしな。今日は俺も同じのにする。気まぐれで頼むわ」

今日は、という事はまた来る予定があるという事だ。

これは常連さんを一気に獲得出来るチャンスではないだろうか。

駄目。表情筋が馬鹿になったみたいに、にやにやとだらしのない笑みを浮かべてしまいそうになる。私は慌てて回収したメニュー表で顔を隠した。

偶然にも、今日の気まぐれパスタは『ボロネーゼ』で、普段より体力回復に重きを置いた分量配分にしている。これから訓練などで頑張らなければいけない第三騎士団の皆にとっては、ベストな料理かもしれない。

ボロネーゼとミートソース。

基本はほぼ一緒だけれど、ボロネーゼを元に作られたのがミートソースらしい。

うちの店ではボロネーゼの方がトマト少なめ肉多めで、パスタ自体も太くしているので、別物として提供している。

注文が決まったのなら、後は作るだけ。

私は急いで厨房に入った。


フォークを突き刺し、くるくると回してパスタとソースを絡めながら一口大の大きさに調整して口に運んでいく。さすがアランさんだ。フォークの扱い方や、手の動き、食べ方まですべてに品がある。

ジークフリードさんやライフォードさんにも言える事だが、市民用の食堂には似つかわしくないほど気品に満ち溢れていた。

高級料理店だったらさぞ映えるだろう。

けれど――。

「んッ、美味《おい》しいです……」

緊張をドロドロに溶かしつくしたように、彼の肩から力が抜ける。唇はゆるく持ち上がり、頬が可憐《かれん》な桜色に染まった。満足げな吐息が漏れる。

こんな外聞も何も考えない表情、高級店じゃできないものね。

町食堂の利点である。

「本当、美味しい。時間が許すなら、他のメニューも試したいところだ」

ノエルさんは幸せそうに目尻を下げた。

アランさん程ではないが、彼も綺麗な食べ方をしている。平民とは言っていたが、そこそこ良い家の出なのかもしれない。

「あーもう、ぜってぇ味わう。俺史上最高に時間かけて味わう！」

一口目は大雑把《おおざっぱ》に大口を開けて食べたヤンさんだったが、二口目からは五本くらいの可愛げのある本数をくるくるとフォークに巻きつけ、最初よりかなり上品に食べ始めた。

驚いたのはノエルさん、アランさんだ。「あのヤンが……」「いつも酷い食べ方なのに」と、一旦フォークを置いてヤンさんを凝視するくらいには、衝撃的な光景だったらしい。

「ンだよ、皆して。俺だってやろうと思えば綺麗に食べられますよーっだ」

「僕には及ばないけど」

「そりゃ貴族様みたいにはいかねぇよ！　ンでも、よくよく考えりゃ、こうやって俺なんかが貴族様と一緒に卓を囲むなんて、可笑しな話だよな」

「本当にね」

アランさんは全く着飾らない、少年にも似た笑みを浮かべた。

気取らず自然体で美味しいものを食べる。食堂とはこうあるべし、みたいな風景に私の方が幸せな気分になった。

もちろん、私の持論だから別の考えの人もいるだろう。

それでも、私が目指す形はこれなのだ。

「貴族様っつったら、どうする？　ライフォード様は崩せねぇだろ」

ソースすらもフォークの側面ですくい取り、最後の一口を名残惜《なごりお》しそうに口に入れた後、ヤンさんは騎士の顔に戻った。

ライフォードさんが関わってくる話題となると、例の薬ぶちまけ事件に関してだろうか。

ヤンさんとアランさんは、犯人を見つけて第三騎士団をコケにした事を後悔させてやる、と息巻いていた。

私だって、ジークフリードさんが危険な目に遭った原因があやふやなのは、正直気分が良くない。

「事件の捜査状況、芳《かんば》しくないのですか？」

「事件を起こした本人と話したい、っつって第一騎士団に申請してんだけど、ライフォード様から許可が下りねぇんだよ」

「僕たちはある意味身内だから」

ノエルさんはたしなめるように言った。

仕方がない。副団長として、ライフォードさんの立場も分かるからこその言葉だ。

「では、何故あんな事をしたか、まだ分からないんですね……」

ガルラ火山遠征から短くない時間は経っている。それでもまだ口を割れないのは、よほど隠したい内容なのか。それとも別の理由があるのか——。

「オウ。つっても、ただ手をこまねいている俺たちじゃ、ねぇけどな！」

「おい、ヤン！」

「良いんじゃないですか？　魔女様ですし。何か良いアイデアをいただけるかも」

　これ以上は駄目だ、と声を荒げたノエルさんに対して、アランさんは静かにティーカップを置いた。先程までの初々《ういうい》しい様子は鳴りを潜め、鋭い視線がカップの中の紅茶に注がれる。鏡のように水面に浮かんだ表情は、波紋によって歪められた。

　現時点では八方塞がり。

　だから小さなきっかけすらも貪欲《どんよく》に求めていきたい――アランさんの声色からはそのような真意が見え隠れしている。

「俺たちは街を駆けずりまわって聞き込みして、アイツを突き崩せそうな情報を得た」

「情報ですか？」

「アイツが、銀髪の男と言い争っている姿を見たって人がいる」

「銀髪？」

　店内の事は私に任せてマル君と談笑していたハロルドさんが、目を見開いてヤンさんを見た。

「なんだ、人間には珍しい色なのか？　ハロルド」

「そりゃあね。滅多に見ないよ、銀髪なんて」

　第三騎士団を陥れる。いや、むしろジークフリードさんを陥れたいと考える、銀髪の男。

　一人、頭に浮かんだ存在がいる。

　誰も名前を口にしようとはしない。

　けれど、恐らく全員同じ人物の事を考えているだろう。

ダリウス・ランバルト第一王子。

ジークフリードさんとの仲は、私が見る限り良くはなかった。でも――仮にも一国の王子が、自らの国に尽くす騎士団を貶《おとし》めようとするだろうか。

皆の疑惑を打ち消すためか、それとも自戒《じかい》のためなのか。「まぁ、見えているものが全て真実とは限らないけどね」と、ハロルドさんはマル君を見ながら言った。

でも、もしも彼が全てを話せない原因がこれだとするなら、確かに突き付けてみれば綻《ほころ》びが生まれる可能性がある。

「ちょっとぐれぇ話させてくれても良いのによぉ。ほんっと、うちの団長と違ってライフォード様はお堅いよなぁ。顔はあんな優男《やさおとこ》なのに、中身はカッチカチの堅物だ」

ヤンさんが話しきる前に、入り口のドアが開く。

チリン、と涼やかな音が響くと同時に、周囲のすべてを凍らせてしまいそうな絶対零度の冷ややかな声が店内を覆った。

「ほう、堅物ですか。それはそれは、失礼いたしました」

ふわりと綿菓子にも似た柔らかな金髪をなびかせ、しかし――いつもは優しさと聡明さを湛えたコバルトブルーの瞳は、ヤンさんを射貫《いぬ》くように細められた。

噂をすれば影とはよく言ったもので。

あまりに絶妙なタイミングで現れたライフォードさんに、店内の全員がしばらくの間固まった。

「な、なんでライフォード様が……？」

「私も常連客の一人ですので。おかしいでしょうか？」

ふ、と小さく笑うライフォードさんだが、目が笑っていなかった。

正直怖い。

どうしたんだろう。

ライフォードさんの事をそれほど深く知っているわけではないけれど、今日は妙に苛々している
というか、余裕がない感じがする。

何かあったのかな。

「まぁ、貴方方の団長殿と比べ、堅物というのは間違っておりませんし、別に目くじらをたてるような事でもないのですがね」

ライフォードさんは眉間に寄っていた皺《しわ》を指先で揉《も》み解《ほぐ》し、はぁ、と苛立ちの混ざったため息を漏らした。一旦、瞳が瞼に覆われる。その後、再び開かれた時にはもう中に誰の姿も映していなかった。

ノエルさんを盾にしつつ凍り付いているヤンさんに、サービスとして温かい紅茶を一杯プレゼントする。彼は一口それを含むと、へなへなとテーブルに倒れ伏した。

「すまねぇ、魔女サマ」

「いえ。温かいものは落ち着きますよね」

念のため、店内に入る前にスッと姿を消したフェニちゃんを呼び寄せ、テーブルの端で待機してもらう事にした。

彼女はキュイと鳴いて了承してくれた。賢い子だ。

「その鳥は？」

不思議そうな顔をしたアランさんに「リンゾウ君経由でうちに来たんです」と誤魔化す。彼の疑問も尤《もっと》もだ。フェニちゃんはガルラ様からリンゾウに渡された子だものね。

さて、この店の雰囲気。どうすべきか。

付き合いの長いハロルドさんに目配せをすれば、両手でバツ印を作られた。

無理という事ですか。

もう、店長ならこういう時にこそ役に立ってくれないと困るのに。

未だテーブルに着こうともせず、腕を組みながら入り口に立つライフォードさん。誰か待っているようにも見える。——と、次の瞬間。店のドアが慌ただしく開き、梓さんが飛び込んできた。

「ちょっと！　目的地が目の前だからって護衛対象放っておいて先に店に入るのってどうかと思うわよ！　って、何よこの空気」

彼女は困惑している私たち店側、ヤンさんを中心に居心地が悪そうな第三騎士団のメンバー、そしてライフォードさんの順に視線を巡らせると、盛大にため息を吐いた。

「まったく。第一騎士団長ともあろう人が大人げないわね。素直にごめんなさいしておきなさいよ」

「私は悪くありませんが？」

「店での事は知らないけど、あっちの方は謝っておいた方が良いんじゃないの？　私を放ってまで逃げるなんてね」

親指を立てて背後にある扉を指差す。

まさか扉に謝れと言うわけではあるまいし、後ろから誰かが店に向かってきているのだろう。そして、その人に謝れと梓さんは言っているのだ。

「その件については……」

言い淀《よど》むライフォードさんだったが、心当たりはあるらしく、先程までの氷柱《つらら》に似た鋭利さは鳴りを潜めていた。代わりに、そわそわと落ち着きのない様子で不安そうに店のドアを見つめる。

さすが梓さんだ。

ライフォードさんが軟化した事により、店の雰囲気も正常に戻りつつある。

「梓さん、直接はお久しぶりですね！」

「ああもう、凛さん！　凛さん！　いつもデリバリーありがとう！　あと、変な空気にさせてごめんなさいね。良い感じにタイミング被っちゃったみたいで」

彼女は両手を広げながら私に近づき、ぎゅうと抱きついた。

ガルラ火山へデリバリーに行っている間は当たり前だが、梓さん自身が自由に動けない立場なので、こうやって直接会えるのは珍しい。

「はぁああ、癒されるわぁ……」

「もう梓さんったら。……ところで、ライフォードさんどうしたんですか？」

身体が離れる瞬間、梓さんの身体に隠れながらこそりと尋ねる。

本人が目の前にいるのに、店に響くほどの声で訊く勇気はなかったからだ。

梓さんはさも面倒くさそうに「ああ」と肩をすぼめ、右手で髪の毛をすくい上げた。

「それなんだけど……」

「リン、すまない。今うちの者がこちらに邪魔していると――」

ドアベルが来訪者の存在を告げ、私は瞬時にそちらへ顔を向けた。

誰か、なんて見なくても分かるけれど、条件反射のように身体が動いてしまう。「相変わらずねぇ」梓さんは含みのある笑いで私の背中を押した。

梓さんってば。そういうのじゃないのに。

憧れの人が前にいたら、目で追ってしまうのは普通だと思うの。絶対。

「今日は偶然が重なって皆さん勢揃いなんですよ。ジークフリードさんまで来てくださるなんて、とても嬉しいです！」

「事後処理がゴタついてな、なかなか顔を出せなかったが……やっと来られたよ。俺もリンに会えて嬉しい」

桜の花が鮮やかに綻《ほころ》ぶように、優しげな微笑みを湛《たた》えながら爆弾を投下してくるジークフリードさん。破壊力の塊である。

私は駆け寄ろうとした足をいったん止め、心臓を押さえながらテーブルに手をつく。

ジークフリードさんは常日頃から女性人気抜群なライフォードさんが傍にいるせいで、自分の魅力に疎《うと》いと思う。しかし、彼に微笑みながら「会えて嬉しい」なんて言われたら、大抵の女性は舞い上がってしまう事、理解してほしい。

「あいつらは迷惑をかけていないだろうか？」

「それどういう意味っスか団長ぉ」

「そのままの意味だぞ。ノエルやアランは心配ないだろうがな」

「うぐっ」

図星をつかれたように目を見開き、またしてもノエルさんの陰に隠れるヤンさん。残りの二人はやれやれと呆れたように両肩を上げた。

故意ではないとはいえ、ライフォードさんに喧嘩《けんか》を売った後だものね。

「あれ？　そういえば……」

梓さんはライフォードさんに後ろから来ている人物に謝れと言っていた。そして丁度良いタイミングで入ってきたのはジークフリードさん一人。

とすると、二人の間に何かあったのだろうか。

第三騎士団のテーブルに残っているお皿を見て、既に食べ終わっていると判断したジークフリードさんは、彼らと同じ席に着くのは止めたらしい。ちらりとライフォードさんを確認してからカウンター席に腰掛けた。

おかしい。違和感を覚える。

普段はテーブル席を選ぶことが多いのに、ライフォードさんから離れたくてわざと遠くのカウンター席を選んだようにも見えた。

「あの、梓さんもしかして……」

「アタリ。あの二人、ちょっとした喧嘩中らしいのよ」

ああ、やっぱり。

普段なら入店が被った時点で何かしら会話があるものだ。「やぁ、ジーク。奇遇だな。お兄ちゃんと一緒に食べよう」「断る」とかなんとか。今は第三騎士団の面々がいるから、もう少しマイルドな表現をするかもしれないが。

そんなジークフリードさんを構い倒したいライフォードさんが、無言を貫いているのは違和感しかなかった。

彼の機嫌が悪かったのも、ジークフリードさんと喧嘩中だったからなのかもしれない。

「この間の遠征、団長様がジークフリードさんに内緒で凛さんを巻き込んだことについて、小さな言い争いがあったらしいのよ。騙し討ちのような形を取らずに相談してほしかったジークフリードさんと、彼は意固地《いこじ》だからその方法は絶対に出来ないとするライフォードさん。まぁ、これについてはどっちもどっちというか、結果オーライでお互い納得はしたみたいだけど……」

「けど?」

「問題がね、ここからなのよ」

梓さん曰《いわ》く、常日頃から感じている不満――例えばライフォードさんなら「自分の身体を考えず無茶をすること」「未だに兄と認められないこと」。ジークフリードさんなら「人の意見を聞かずに勝手に決めてしまうこと」「兄だといって構い倒すこと」など――を吐きだしていったら、ついには言い争いの喧嘩になってしまったらしい。

塵《ちり》も積もれば山となる。

一度本音を零《こぼ》してしまえば、普段せき止めていたものまで口をついて流れ出てしまうもの。

他愛《たわい》もない小さな愚痴《ぐち》でも、長年積み重なった事によって思いもよらぬ不満に育ってしまったのだろう。

今まであまり会話をしてこなかったという事は、その分言えなかった事もたくさんあるわけで。

一度吐きだしてしまえば、喧嘩になってしまうのも止むなしなのかもしれない。

アランさんとヤンさんの場合、積もり積もった恨み辛みではなかったし、お互い勘違いしていたからこそ円満に解決できた。

本音で語るというのは、共に過ごした年月が長ければ長いほど難しく、諸刃の剣なのだ。

「で、謝るタイミングをお互い逃して、絶賛ああなっているのよ。ほんっと、幾つになっても男は子供よねぇ。でも仕事はいつも通りに完璧にこなしているから、なおタチが悪いわ」

怒るに怒れないじゃない、と梓さんは困ったように眉間に皺を寄せた。

「凛さん、良い案ないかしら?」

「うーん……」

マル君とハロルドさんが持っていってくれたのか、ジークフリードさんはカウンター席で、ライフォードさんは入り口に一番近いテーブル席でメニュー表を眺めている。

ただ、二人の様子を観察していると、上手く相手に気付かれないよう横目でちらちらと様子を窺っている事が分かった。

多くの団員を部下に持つ騎士団長様たちが、子供のような喧嘩をしているなんて。少し笑ってしまいそうになる。

あれだけお互いが気になるのなら、そのうち自然と仲直りするだろう。

あの二人だもの。きっとそうだ。

でも昼食の書き入れ時に、この居たたまれない空気が流れているのは食堂として良くないわよね。解決済みとはいえ、私も原因の一端なわけだし。

——仕方がない。一肌脱いでみますか。

「効果があるかは分かりませんが、やってみますね」

二人を仲直り——までいけるかどうかは分からないが、きっかけ作りになればと思いついた方法。私の独断で進めて良いものではないため、店の責任者であるハロルドさんに了承を得ようと彼の耳を借りる。

最初は面倒くさそうな顔をしたハロルドさんだが、最後まで聞き終わると満面の笑みで「面白そうだからオッケー」と許可をくれた。

面白そうって。

店長としてその発言はどうかと思う。もっとも、内容を考えたのは私なので文句を言えた義理ではないのだけれど。

「さて。他のお客さんがいないうちに、ですね」

「ふふ、あいつらがどんな顔するか楽しみだね！」

どの辺りが楽しみなのか。

そもそも上手くいくかどうかも分からない状況だ。緊張と不安から胃を押さえつつ、私は二人から等間隔の場所にあるテーブルを陣取った。

「ジークフリードさん、ライフォードさん。お二人にお話があります」

両手をつき、少し前屈みになりながら言う。

ライフォードさんは、意地の悪い笑み浮かべている梓さんとハロルドさんを見て全て悟ったのか、困ったように眉を寄せながらメニューをテーブルに置いた。

ジークフリードさんは挙げようとした手を一旦ひっこめ、不思議そうに私を見た。

すみません。注文は後でしっかりお受けいたします。

「梓さんからお話は聞きました。仲直り、しないのですか？」

作戦その一。

まずは普通に仲直りが出来ないか尋ねてみる。

これが成功すれば一番穏便に事が済む。

ただ――。

「私にも譲れないものがあります。向こうが折れるなら考えますが」

「それはこちらの台詞《せりふ》だ」

二人は同時にお互いを向いたが、すぐさまふいと顔を逸らした。

やはりですか。

こんな簡単な方法で済めば、ここまで拗《こじ》れることなく仲良く一緒のテーブルに着いているはずだ。

さすが兄弟。血は繋がっていないらしいが、頑固で絶対折れないところはとても良く似ている。

本当、面倒臭いくらい。

こうなっては作戦その二に移るしかなさそうだ。

「お二人の気持ちは分かりました。では――」

息を大きく吸いこむ。

「明日から、仲直りするまで来店禁止。デリバリー禁止です。わざわざ足を運んでいただいたお客様を追い出すことはしたくないので、本日は除外しますが、仲直りしなければ明日からすべてお断りします」

食事は生きるための要《かなめ》。

ただ、料理屋はうちだけではないし、公爵家のご子息様たちならば家に帰れば有能なシェフがいるはずだ。食べるだけならば来店禁止でも困らないだろう。

それでも、わざわざレストランテ・ハロルドに足を運んで料理を注文してくれている。生活の一部になっている可能性に懸け、それを人質に取ってみた。

私の料理を気に入って、城下にまで足を運んでくれる二人にこんな事を言うのは心苦しいが、和《わ》気藹々《きあいあい》と食事を楽しめる場所をモットーにしているのに、不穏な空気を振りまかれては困る。

デリバリーまで禁止にしたのは、デリバリーの魔法陣がライフォードさんの執務室にあるからだ。

どちらか片方を優遇する気はない。

「な、なんっ、殺生《せっしょう》な！　貴方には温情というものがないのですか！」

「お、大袈裟《おおげさ》すぎませんか……？」

ライフォードさんが立ち上がる。

慌てていたのか、反動で椅子が後ろに倒れた。

常に冷静沈着、滅多な事では動揺しそうにないライフォードさんのこのような姿は初めてだったのだろう。第三騎士団の面々から小さなざわめきが起こった。「ライフォード様もあんな顔するのか」「魔女サマの料理ヤベェ」などと聞こえてくる。

ええ。思っていた以上に効果が出て、私自身もびっくりです。

「ともかく。仲直りするまで、とちゃんと期限を決めております。いづらい空気を振りまかれては困りますので。ここは食堂。皆さんには楽しんで食事をしてもらいたいですからね」

「で、では、被らないよう時間をずらせば……」

「来店時のライフォードさん。あれってヤンさんに怒っていたのではなくて、自分とジークフリードさんを比較され、更にジークフリードさんの方を持ち上げられたから、ああいう態度だったのでは？」

普段のライフォードさんならば、自分とジークフリードさんの性格の違い、第一騎士団と第三騎士団の雰囲気の違いなど当たり前のように理解し、そういうものだと納得している。

そして、それぞれの長所を生かし仕事をこなしている自負があるので、「そうですか」とサラッと流していたはずだ。

自分と対立している人間が、自分より優れていると他人から称される。苛立ちが生まれる気持ちも分かるだけに責めようとは思わないが、それはそれ。これはこれである。

「……お見通しだったわけですね。すみません。子供っぽい感情だと自覚はしていましたが。面目次第もありません」

穴があったら埋まりたい、と口元を手の甲で隠し、恥ずかしそうに目を逸らす。目尻がうっすらと赤く染まり、照れているのだと分かった。珍しい。

私は驚いて目を二、三度瞬かせた。

ライフォードさんのような隙のない理想の王子様が、図星をつかれて恥じ入る姿。ちょっと可愛いと思ってしまった。

ファンが多いのも頷ける。

いや、アイドルではないのだけれど。

「君……ええと、ヤンと言ったか？　聞こえた通りだ。さっきは悪かった。すまない」

「え、あ、いや、俺こそ悪口みたいになってしまい、申し訳ありませんでした……！」

ヤンさんはおもむろに立ち上がり、四十五度の角度で頭を下げた。とても美しいフォームのお辞儀である。素晴らしい。

急に話題に上ったと思ったら、第一騎士団長様から直々に謝罪の言葉を告げられ、恐縮しきりのようだ。

「ぷぷー、ざまぁないわね騎士団長さま！」

「いっ、痛っ、痛いです。ちょ、おやめください、聖女様！　……全く」

心底愉快そうに近づいてきた梓さんは、ライフォードさんの肩を何度も人差し指で突っつく。地味に痛そうだ。

「あら、ごめんなさい。普段偉そうな団長様が子供みたいに照れていらっしゃるからつい。ほほほ、いい気味！　さすが凛さんだわ！」

「他人事《ひとごと》だと思って楽しんでいますね。当事者になってみたらどうです？　私の気持ちが分かりますよ」

「はぁ？　当事者って、あたしだったら即土下座して許しを乞うわよ。凛さんの料理食べられないとか嫌ですし？」

「相変わらず即物的ですね、貴女は」

ライフォードさんは、生気を感じられない死んだ魚のような目で、諦めたように首をふった。基本王子様フェイスを崩さない彼に、こんな顔をさせる梓さんもさすがだと思う。

でも土下座は困る。

聖女様を地面にひれ伏させ、許しを請わせる店って。

今まで以上に魔女っぽい噂が立ってしまう。

梓さんはもっと聖女様としてのプライドを強く持ってほしい。天秤にのせるまでもなく、聖女の威厳の方が大事でしょうに。

「ちなみに、強行入店しようものなら、僕とマル君が全力で外に追い出すからねー」

「おっと、当然のように巻き込まれたぞ」

「当たり前でしょ。君はレストランテ・ハロルドの従業員。僕の命令は絶対なのです！」

「ふむ。なら、仕方あるまい？」

久しぶりに生き生きとした表情で、腰に手を当てて胸を張るハロルドさん。この人、相手がライフォードさんなのでいつも以上に張り切っているみたいだ。

客入りではなく、客を追い出す方向にやる気な店長ってなんだろう。

やれやれと肩をすくめたマル君も、面倒見が良いから——ではなく、純粋に愉快な催し物として参戦する気満々のようだ。

相変わらずの二人である。が、今だけは心強い。

いくら騎士団長様とはいえ、なぜか魔法のスペシャリストであるハロルドさんと、高位の魔族らしいマル君を相手に強制入店は難しいはずだ。

店への被害をゼロに抑える、という制約付きならほぼ不可能に近い。

マル君の正体を知っているライフォードさんは「騎士の名に懸けて、無頼漢の真似事《まねごと》など致しませんよ。ええ」と、にっこり微笑んで見せた。

目が一ミリも笑っていなかったが。

「ところでうちの団長は？　先ほどから一言も……」

「固まってますよ、あれ。多分スけど」

「……団長」

如何《いかん》とも言い難い複雑な声色。

二人の会話を聞いて、私もジークフリードさんの方を見る。

彼はヤンさんの言った通り、メニュー表を持ちながら固まっていた。まさか私から「来店禁止」なんて言葉を告げられるとは夢にも思わなかったのだろう。

私は従順な性格ではないから、ジークフリードさんの言う事を全て素直に受け入れていたわけではないけれど、一方的に突き放すような事はしなかった。というか、する気もなかった。

彼は恩人。感謝こそすれ、不満や不平はない。

だから——寂しそうにメニュー表を握りしめるジークフリードさんの姿に、私の決意が一瞬で揺らぎそうになる。

罪悪感が半端ない。

でも駄目だ。今回ばかりは心を鬼にすると決めたのだ。今ここで撤回する気はない。する気はないけれど——とりあえず今日の昼食分だけは大盛りにしようと心に決めた。

「相当ショックだったのかな」

未だ一言も話せず、放心状態のジークフリードさん。

彼の背後に回ったハロルドさんは「えい」という、年齢に似合わない可愛らしい掛け声と共に手刀を振り下ろした。

ストンと一直線に落ちたそれは、ジークフリードさんの頭に直撃。どうやら覚醒を促す事には成功したらしい。

彼はメニュー表をテーブルに置き、人差し指で眉間の間をぐりぐりと押した。

「は、はは……すまない。白昼夢を見ていたらしい」

「いや、現実だよ？」

「……現実」

よほど受け入れ難いのか、脳に刻みつけるように何度か「現実」と舌にのせた後、ややあって頭《こうべ》を垂れる。

あんなジークフリードさんの姿、初めて見たわ。

ライフォードさんにも言える事だが、想像していた以上に「来店禁止」の効果は絶大だったらしい。嬉しいような、申し訳ないような、複雑な気分である。

「リン、君の言いたい事は分かる。だが、これは俺たちの問題だ。もう店にも、周りにも迷惑をかけない。それでは駄目なのか？」

「確かに、お二人の問題に私が口出しするのはおかしな話かもしれません。でも――」

「異議を申し立てるわ！」

黙っていられないとばかりに会話に割り込み、力いっぱいテーブルを叩く梓さん。腹の奥底から重たい息を吐き出し、鋭く細められた瞳は元凶の二人を交互に睨みつける。

まるで蛇に睨まれた蛙。

騎士団長たちですら彼女の圧には逆らえず、背筋をピンと伸ばす。

凄まじいです聖女様。

端《はし》なくも言葉を遮られた形になってしまったが、今の彼女に意見する気は起こらなかった。だって無理でしょう。恐ろしい。

触らぬ神ならぬ触らぬ聖女様に祟《たた》りなし、である。

「あの、テーブル破壊だけは、なしでお願いします……」

「オーケー、テーブル壊したら弁償ね！」

違う。違うわ、梓さん。

なんで誰も間に挟んでいないのに、伝言ゲームみたいになっているのかしら。

全くもう。壊す気満々でない事を祈ろう。

「正直に申し上げますと、ド迷惑なのです。特にうちの団長さん、あなたとしては普通に振る舞っているつもりでしょうし、まぁ、実際仕事にも支障は出ていません。それはさすがと言えます。ですが、護衛やら何やらで一緒にいる時間が長い分、分かるんです。ああ、コイツ機嫌悪いんだなって！　ぶっちゃけ、こっちのテンションも下がるのよ！　駄々下がりの急降下よ⁉」

足を適度に開き腰に手を当て、決めポーズのようにライフォードさんを指差す。

「さっさと折れちゃいなさい！」

当のライフォードさんは何か言いたげに口を開くも、自覚があったのだろう。一言も発さずに小さく唇を噛んだだけだった。

梓さんの前では王子様然としなくても良い安心感——むしろ慢心か——があるせいで、素がちらほら出てしまうのかもしれない。

「では、聖女様に倣《なら》って僕からも」

全ての指をピンと揃え、胸の辺りでさりげなく挙手をする。

控えめながら意志の強さが垣間見えた。

ノエルさんらしい。

「今のところうちの団は問題ありません。しかし、団長同士が不仲だと団員にまで伝わってしまうもの。ただでさえ例の事件で対立が深まっているのです。このまま長引けば第一騎士団との関係悪化に繋がりかねません」

「それは……確かに……」

私がこの世界に来る前の事。第一騎士団と第三騎士団はお互いがお互い我関せずと、あまり接点を持ってこなかったらしい。

魔法特化の第二騎士団と違い、二つの団は役割が似通っている。そのため共同で事に当たる場面も少なく、完全に独立して仕事をしていたとか。

だが、ジークフリードさんとライフォードさんの距離が近くなってきた最近、お互いの団も少しずつ歩み寄りはじめた、とガルラ火山遠征の時、ノエルさんに教えてもらった。

団長とは団の要。

その分、影響力も大きい。

せっかく良い方向に歩み出しているのに、白紙に戻すのは勿体《もったい》ない。そうノエルさんは言っているのだ。

責任感の強いジークフリードさんにとって、堪《こた》える内容だろう。

梓さん、ノエルさん。お二人からの援護射撃は心強い。

ここまできたら、もう一押しだ。

「どちらも譲れないのなら、妥協するしかありません。相手を屈服させたいわけでもないのでしょう？　だったら譲らなくて良いんです。ただ、相手をそのまま尊重すればいいだけ。今まで問題なくやってこられたんですから、許せないほどダメなところでもないのでしょう？」

ふう、と一呼吸おく。

「ライフォードさんの勝手に苛立つなら、梓さんと一緒に彼の頬っぺたでも抓《つね》ればいいですし、ジークフリードさんの無茶が許せないなら、私と一緒にお説教コースを開講しましょう。そんな妥協点では駄目でしょうか？」

くすりと笑いながら問いかける。

これ以上の言葉はいらない。きっと、答えはもう出ているから。

「そうですね」

最初に動いたのはライフォードさんの方だ。

彼はジークフリードさんの傍までやってくると、手を差し出した。

「今抱えている仕事が思うように進まず、自らの至らなさをお前に責められ、いつも以上に意固地《いこじ》になっていた。……いや、何を言ってもただの言い訳だ。忘れてくれ。悪かった」

「いや、俺の方こそ、お前にはいつも迷惑をかけてばかりで……感謝はしているんだ。すまない、ライフォード」

伸ばされた手を摑み、ぎゅっと握りしめる。

二人は居心地が悪そうに視線を合わせると、照れくさそうに笑いあった。

まさかここまで持っていけるとは思わなかったが、仲直りが出来たのなら、それに勝るものはない。梓さんに向かって小さく親指を伸ばせば、「さすが凛さん」と口パクで告げられブイサインを向けられた。

お役にたてたのなら何よりです。

「お前と喧嘩をするなんて、子供の頃以来だな。あの時と今とでは状況が随分と違うが……普通の兄弟になれたようで、少し嬉しかったかもしれない」

「ライフォード……」

「まぁ、お前と気楽に話せないというのは二度とごめんだが！　かなり懲《こ》りたよ」

「俺も、少し」

気恥ずかしそうに頰を搔くジークフリードさんに対し、ライフォードさんは「少しだけか」と不満そうに唇を尖らせる。

愉快な光景に自然と笑みが漏れた。

最初に出会った頃より、ずっと兄弟らしさが増した気がする。

「ところでジーク、隣に座っても良いだろうか？　ああ、返事はいらないぞ、ジーク。勝手に座るからな。――そういえばジークは何を食べるか決めたか？　私はつい同じものを頼みがちなのだが、ジークのオススメは何だ？」

「近い近い近い。もう少し離れろ、動きづらい」

「断る。折角いつも通りに戻ったのだ、たくさん話をしよう、ジーク」

ぐいぐいと距離を詰め、お互いの肩が触れ合うくらいにまで近づいていくライフォードさん。しかし、この短い会話の中で計五回。ここぞとばかりにジークフリードさんの愛称を呼びまくるなんて。どれだけ寂しかったというのだろう。

「完全オフモードね、あれ。浮かれすぎでしょう」

「あはは、周り見えてなさそうですね。微笑ましいですけど」

さすがに、あの二人の間に割って入ろうとは思えないのか。梓さんは私の近くまで来ると、傍にあるテーブル席の椅子を引いた。

「ジークフリードさんとこの人たちには口止めしとかないとね。でないとアイツ、後で面倒くさいくらい自己嫌悪に陥りそうだわ」

「でも悪い面ばかりじゃなさそうですよ。だってほら、「親近感湧くなぁ」って顔してません？」

「あ、本当。表情が柔らかくなってる」

梓さんがノエルさんたちの方を見て、微笑ましげに目を細めた。

第三騎士団の皆はジークフリードさんの事が大好きだ。

好きなものが同じだと親近感がわくものね。

もっとも、普段完璧な人の意外な一面を見てしまったから、かもしれないけれど。

「凛さんって、ビックリするくらい周り見てるわよね。人の感情に機敏っていうか。あたしも悩みがあったら、多分真っ先に思い浮かぶのは凛さんの顔だと思うわ。きっと」

「私なんかで良ければ、いつでもお話聞きますよ。愚痴《ぐち》でもなんでも」

「……もー、そうやって甘やかす」

梓さんは「たまには甘えられたいんですけどっ」と、私の腰辺りに抱きつき、ぐりぐりと頭を振った。

この状況でどうやって甘やかすというのだろうか。

全く、可愛い人だなぁ。

甘やかしている自覚はないが、人の話を聞くのは苦ではない。

学生の頃、友人からはふざけて「お悩み相談室」だなんて呼ばれていた事もある。今日みたいに自分から首を突っ込む事は稀《まれ》中の稀だったけれど。

ジークフリードさんもライフォードさんも、中身が大人だから引き受けた。

どちらか片方でも精神が未熟だったり、相手を打ち負かさないと我慢ならない性格だった場合、第三者が入ってもこじれるだけだ。

理屈を述べたところで感情が優先されるのなら、自分が納得する以外、決着は付けられない。

「もー、梓さんくすぐったいですってばー」

「リン」

涼やかな声で名前を呼ばれ、弾かれたようにそちらを向く。

「はい。ご注文ですか？　ライフォードさん」

「いえ、それはまた後で。ガルラ火山遠征といい、今回といい、貴方に助けられてばかりでしょう？　礼を返さなければ騎士として以前に、男として情けないと思いまして。何か、我々にしてほしい事はありませんか？　なんでも良いですよ」

「遠慮なく言ってほしい。君の頼みなら何だって喜んで引き受けよう」

ふわりと。蕾《つぼみ》が開いて大輪の花を咲かせるように、輝かんばかりの笑みを向けられる。私は思わず一歩後ずさった。

美形の破壊力とは恐ろしいものだ。

ジークフリードさんだけでも手が負えないのに、華やかな王子様の笑顔までプラスされてしまえば、拒絶する事などできやしない。

でも、お願い。お願いか。――正直、今の私に出てくる言葉は何もなかった。だって、現状に不満なんてないもの。

ジークフリードさんは、忙しい時を除いて店に顔を出してくれるし、ライフォードさんも、デリバリーが主だが、こうやって店に足を運んでくれる事もある。

私自身、公爵家の人に「なんでも」と言わせるほど恩を売ったとは感じていない。半分以上、私が進んで首を突っ込んだ事もあって、お願いを聞くと言われても何も浮かばなかった。

どうしよう。

悩んでいると、ふと、第三騎士団の面々が目に入った。

そうだ。一つ、ライフォードさんにしか頼めないお願いがあるではないか。とても我《わ》が儘《まま》なお願いだ。しかし、私は意を決してそのお願いを口にする事にした。

「あの、では凄く、すごーく我が儘なお願いが一つあります。……えっと、ライフォードさんに」

「私に、ですか？」

意外とでも言いたげに、ライフォードさんは目を瞬かせた。

我が儘なお願いと聞いて警戒させてしまったのかもしれない。

ライフォードさんは立場のある人だ。

なんでもと言われたが、本当になんでも叶えるわけにはいかないのだろう。小さく頭を下げて謝ってから「可能な限りで大丈夫ですので」と付け加える。

「いえ、そうではないのです。頼み事をするなら、てっきりジークフリードの方だとばかり思っていたので。……そうだろう？　ジークフリード」

「な、なぜ俺にふる」

「自覚がないのか？　リンが私を名指ししたとき、視線がとても痛かったぞ。まぁ、気持ちはわかる。リンが私に我が儘なお願いをする、と言ったのだからね。私に」

コバルトブルーの瞳を悪戯《いたずら》に細め、ジークフリードさんの鎖骨辺りを軽くトントンと人差し指でつつく。そして唇を三日月形に歪め、余裕すら感じさせる笑みを零した。

「喧嘩は二度とごめんだといった口で、すぐさま喧嘩を売られた気がするのだが。気のせいか？

気のせいか？」

「ははは、心が狭いぞジーク。それで、私に頼みたいこととは何でしょう？」

剣呑な雰囲気を背中に張り付けているジークフリードさんを尻目に、ライフォードさんは立ち上がって胸に手を置き、首を傾けた。

柔らかそうな金髪が瞳の上を流れ、自信ありげな力強い瞳が私を見据える。

何か勘違いをされている気もするが、お願いを口にすればすぐに解ける範囲の誤解だ。

私はまっすぐに彼の瞳を見つめ返し、口を開いた。

「実は――第三騎士団の皆さんに、面談の許可を出してあげてほしいのです」

「はい？」

澄み切ったブルーの瞳が困惑により揺らぐと同時に、第三騎士団のテーブルからざわめきが起こった。

女性人気抜群のライフォードさんだが、そっち方面のお願いをするなら、私はジークフリードさん一択だ。実際は、恥ずかしすぎて口にすることはないけれど。

「魔女様！　これは魔女様への褒賞です。我々の事は我々で解決しますので、どうか！」

勢いよく立ちあがったアランさんは、当惑よりも懇願を色濃く映した表情で私を見る。残りの二人も、彼の言葉にうんうんと深く頷いた。

喉《のど》から手が出るほど欲している解決策だが、安易に乗ってこない辺り、彼らなりのプライドがあるのだろう。

それでも――私はゆっくり首を振った。

「現状で満足している私に望みはありません。変なお願いをするよりも、有効に使っていただきたいのです。なぜ、第三騎士団の仲間が薬瓶を割るなんて暴挙に出たのか。これで一歩でも解決に踏み出せるのなら、私も嬉しいですしね」

「し、しかし、ライフォード様にうちの団長ですよ？　なんでも、などという言葉、どれだけの人間が欲しているか」

確かに、公爵家の御子息で騎士団長という地位のあるお二人。なおかつ、どちらも女性が放っておかない程の美形ときたら、老若男女や地位すら問わず、お願いをしたい人間は沢山いるだろう。ただ、そんな人たちには、まかり間違っても「なんでも」とは口にしないはずだ。私の性格を知っているからこそ出た言葉だと思う。

なんでもと言って無理難題を押し付けたり、彼らを利用して自分優位に事を運ばせたり、国家の機密に足を踏み入れたりはしない――と、信頼はされていたのだと思う。

「だから、これは本当に私の我が儘なのです。ライフォードさんへのお願いも、皆さんの意思を無視して勝手に事を進める事も。不要なら、ライフォードさんへそう言ってください。私の願いはそれだけですから」

「魔女様……」

「それにきっと、誰よりも皆さんが、その仲間の方とお話しされたいはずでしょう？　だから、私の事は気にせず受け取ってください」

彼はノエルさん、ヤンさんと交互に視線を交わした後、キラキラとした真っ直ぐな瞳を向けてきた。どうやら意見は一致したようだ。

「ご厚意、謹《つつし》んでお受けいたします」

実に晴れやかな表情で微笑まれる。

良かった。内心断られたらどうしようか、とビクビクしていたのだ。

役に立てたのなら、とても嬉しい。

逆にライフォードさんはというと。

「我が儘、か。ええ、確かに一種の我が儘でしょう。間違いありません。ええ、ええ、勝手に期待した私が愚かだったのです……！」

一気にテンションが落ちてテーブルに突っ伏していた。隣にはそんな彼の肩を嬉々として叩くジークフリードさんの姿がある。

「実にリンらしいじゃないか。相変わらずというか、なんというか」

「お前はそれで良いのか、ジーク」

「む。そう言われると痛いな。結局のところ、また我が団がリンの世話になっただけのような気がするので、喜ばしいかと問われれば首を傾げざるを得ないが……で、お前はどうする気だ？　ライフォード」

「騎士として、一度結んだ約束を違えは致しません。なんでもと言った以上、叶えましょう。ただし、我々の監視下になりますがね。……君たちもそれで良いだろう？」

ライフォードさんの言葉に、第三騎士団のメンバーは緊張した面持《おもも》ちで頷いた。

身内である彼らとの会話をどこまで信用するかは分からないが、私が口を出せる事でもない。後は、彼らに任せておこう。

「それでは団長、ライフォード様、聖女様、我々はお先に失礼いたします。魔女様と店の方も、ありがとうございました。また伺わせてもらいますね！」

最初で最後のチャンスかもしれない。

面談の内容を吟味《ぎんみ》したいと言って、第三騎士団の皆は一足早く店を出ていった。

ちなみに御代だが、彼らが立ち上がると同時に素早くテーブルまで移動したマル君が、きっちり徴収していた。

本当に優秀な従業員である。

厨房《ちゅうぼう》の椅子に腰掛けてケラケラと笑っている店長は、見習ってほしいくらいだ。

「しかし納得がいきません。この私を好きにする権利といっても差し支えないものだったのですよ？　無欲にもほどがある。対価を払った気がいたしません」

「言い方！　な、なんですか、す、すす好きにって……！」

「言葉通りですよ」

さらりと、事もなげに言ってのけるライフォードさん。相変わらず自分の魅力に絶対的な自信がある人だなぁ、と冷静な頭で考える。さすがだ。

まぁ、たまにおかしな言動——主にジークフリードさん関連だが——をしたり、利発そうに見えて脳筋だったりする部分も散見されるが、それらを除けば絵本から抜け出してきた理想の王子様そのものである。

そんな人に「好きにする権利」なんて事を言われれば、動揺してしまうのも仕方がないだろう。

私は火照《ほて》る肌を冷まそうと、両手で頬をベチベチと叩いた。

しかし、いくら納得がいかないと言われても、私は既に願いを口にした身。毅然とした態度で、もう願いはないと突っぱねる。

「むぅ、強情ですね。もう一つくらい、お願いしてくださってもいいのですよ？」

「リンは頑固だぞ、ライフォード。いつも俺が折れる羽目になっている」

ははは、とジークフリードさんが軽快に笑う。自虐や呆れは一切感じさせない、爽やかな笑い声だった。赤褐色の瞳が慈《いつく》しみを持って細められる。

ドキリ、と心臓が跳ねた。

全く。迷惑ばかりかけているというのに見限らず、包み込むような優しさで許容してくれる彼は聖人君子か何かだろうか。

「お前もよほど頑固だと思うのだが？」

ライフォードさんはやれやれと肩をすくめた。

「俺の事は放っておいてくれ。しかし対価、か。……確かに、そう考えると、ここで引き下がるわけにはいかないな。リン、俺は君には必ず礼を返すと誓った。良ければ、俺にも何か願いを口にしてくれると有り難い。さすがにこれでは、面目が立たない」

「いえ、ですが私は……――あ、そうだ」

これはつまり、ライフォードさんはライフォードさん、ジークフリードさんはジークフリードさんで、別々にお世話になったお礼をする、と言っているのか。

それならば、彼の厚意を受け取るのに、私ではなくもっと適当な人物がいるではないか。

「では、ジークフリードさんの分はハロルドさんに！」

私はさも名案のようにピ、と人差し指を伸ばして言う。

急に話題を振られたハロルドさんは「え、僕？」と困惑した表情をしていたが、気にしない事にした。

「だって、今回の遠征が成功したのは、何も私だけの功績ではありません。ハロルドさんやマル君の助力だって、とても大きなものでした。なら、私だけお礼を受け取るわけにはいきませんよね？」

「それは……確かに……」

間違った事は言っていないし、妥当な落としどころだと思う。

そもそも、私だってお二人にはとてもお世話になっているのだから、先程のお願いで十分対価は頂いた。これ以上望むのは、それこそ本当に我が儘だ。

ジークフリードさんはしばらく考え込んだ後、「分かった」と頷いた。

「ハロルドにも無理をさせたと聞いている。奴の場合、本当になんでもというわけにはいかないが、ある程度の願いならば喜んで引き受けよう。――が、それはそれとして、だ」

立ち上がって傍まで来ると、彼は苦笑を交えた表情で私の額を人差し指でつんと突いた。

「やはり君は頑固だな。分かったよ。今はまだ借りておく。今は、な」

吐息が触れ合う程の至近距離で微笑まれる。

今ので全てチャラになったというか、むしろ補って余りあるほどのサービスを頂いた気がするのですが。

しかし彼の破壊力で思考回路がショートしてしまった私は、首を縦に振る事しか出来なかった。


「はいはい。それじゃあ皆さん席につけー」

ぱんぱんと手を叩きながら、ハロルドさんが店中に声を響かせる。

ジークフリードさんの無自覚攻撃のおかげで意識が別世界に飛びかけていた私も、かろうじて呼び戻された。危ない危ない。今は営業中でした。

こういう時はさすが店長だ。

「おやおや、リンちゃん、起きたかなぁ？」

「言い方！　なんですかリンちゃんって！」

子供を諭《さと》すような言い方に唇を尖らせる。

ハロルドさんは笑って、「はい、おはよう」と私の額を指ではじいた。絶対からかっているな、この人は。いや、ショートしてしまった私も悪いのだけど。

「さて。店は狭いんだから、御一行様は同じ机に座って座って、ほら、聖女様を一人で放置とかありえないでしょ、第一騎士団長サマ？」

「む。貴方に言われるのは堪えますね」

ライフォードさんとジークフリードさんはハロルドさんの言う通り、カウンター席をやめてテーブル席に座り直す。同時に梓さんも席に着いた。

当たり前のようにジークフリードさんの隣にはライフォードさん。そして彼らの正面に梓さんという位置だ。

どんだけ隣にいたいというのか。

梓さんも呆れ顔である。

「ったく、面倒なブラコンたちと一緒の食卓を囲むより、一人の方が気楽で良いんだけど」

「たちって、俺まで対象に入っているのか。心外だな」

当たり前じゃない、と梓さんは諦めたように笑った。

「ところで、ジークフリードさんってめちゃくちゃ常連でしょ？　私もいろいろデリバリーとかしてもらっているけど、あなたのオススメとか聞いてみたいわ」

「ふむ。そうだな。俺が一番食べているのは気まぐれパスタなんだが――」

どんな味でどこが好きか。メニュー表を指差しながら丁寧に、時折ジークフリードさん自身の感想を交えて語られていく料理たち。

どうしようもなく、胸が温かくなった。

ただ美味しいという一言で片づけるのではなく、一つ一つちゃんと好きな点を相手に説明できるまで味わって食べていてくれていたなんて。

嬉しい、なんてものじゃないわ。

しかも――。

「で、結論は？」

「全部美味《うま》いので全部オススメだぞ」

オチまで完璧だった。

「何、ボケてるの？　ツッコんだ方が良いの？　どうなのこれ」

「残念ながら、これがジークフリードの通常ですよ、聖女様」

「ああもう、そうね。そうなんでしょうね！」

梓さんの反応に「何かおかしな事を言っただろうか」と首を傾げるジークフリードさん。

あの二人相手にツッコミ一人はキツイわ。

頑張れ梓さん。

ちなみに今までの注文状況から考えると、ジークフリードさんは味が濃い目で、トマト系が好きみたい。梓さんは肉類。ライフォードさんは手軽に食べられる料理が好きそうだった。

人それぞれ好みがあるので、オススメを聞かれても一概にこれだと言いきれなかったのかもしれない。だからといって全てのメニューを解説する方向にいくなんて。

真面目《まじめ》だなぁ、ジークフリードさんは。

「まぁ、気持ちは分かるけどね！　今の解説びっくりするほど分かりやすかったし。全部美味しいってのは納得だもの」

彼女はメニュー表をじっくり眺めた後、前にいるライフォードさんとジークフリードさんに視線を移す。

「いい？」

「私はジークフリードの解説中に決めましたので」

「俺も大丈夫だぞ」

「はい、じゃあ！」

目をキラキラと輝かせて私の方を向く。そして、綺麗に真っ直ぐ腕を伸ばした。

ジークフリードさんのプレゼンを聞いた彼らが何を頼むか、ちょっとわくわくしてしまう。

「では、ご注文はお決まりですか？」

私はいつもの台詞を彼らに投げかけた。

エピローグ

白の聖女、伏見有栖は最近とても気分が良かった。

彼女は漆黒色の石を首からネックレスのように提げ、降り注ぐ太陽を一身に浴びながら気持ちよく外を歩いている。外、といっても王宮内なのだが。

ちょろいものだ。

自分がおねだりすれば、人は容易《たやす》く動く。

この石が良い例だ。

ある人に嫌な事があったと伝えたら、この石を差し出された。どうやら願い事の叶う石らしい。

有栖はそれに「自分にとっての邪魔者が不幸になりますように」と願った。

そうしたらどうだ。

すぐに第三騎士団で例の事件が起きたのだ。

願いの叶う石なんて都合の良い代物《しろもの》、存在するのだろうか――半信半疑だったが、効果は上々である。

まぁ、どちらにせよ、願いは叶った。もしかすると聖女の力というやつが上手く働いたのかもしれない。

有栖はその石を握りしめ、ほくそ笑んだ。

「なんか大変だったって事くらいしか知らないけど、地味な嫌がらせ程度はあったのかな？　ふふっ、天はわたしに味方するものなのよ。いい気味！」

あはは、と笑って手を空に向かって伸ばす。

その時だ。話し声が聞こえた。

騎士団の訓練場が近い事から、どこかの団員だと思われる。

有栖は特に後ろめたいわけではなかったけれど、近くにあった茂みにひっそりと姿を隠して彼らが通り過ぎるのを待つことにした。

「あの服は、確か……」

白と青を基調とした騎士服を着込んだ二人。

つまり第一騎士団の団員だ。

「聞いたか？　第三騎士団の話。あんな事件のあとだっていうのに、ガルラ火山の遠征をきっちりこなしてくるあたり流石《さすが》というか」

「しかも今回の調査目的である結界の異常について、あのガルラ様から真相を得てきたというんだから更に驚きだ。普段はライフォード様の陰に隠れているが、ジークフリード様の力も侮《あなど》れない。やはりランバートン公爵家は凄いな」

「全くだよ」

男性二人の会話に、耳をそばだてていた有栖はぱちくりと目を見開いた。

どういう事だ。

――任務なんて失敗しちゃって、評判が落ちると思っていたのに。これではまるっきり逆効果じゃない。評判を上げてどうするのよ。

「噂では食堂の魔女様が手を貸したとか」

「食堂の魔女って、最近噂になっているあの？　といっても、私も詳しくは知らないんだが」

「なんでも城下にとんでもなく美味い食堂があって、そこを仕切っているのが魔女様らしい。怒らせたら食事を毒にかえられるかもって言われているけど、今のところそんな報告は上がってきてないな。ちなみに人間のペットを飼いながら絶賛営業中らしい。ちょっと気になるから、また市民に変装でもして出かけてみようかな？」

「詳しいな。というか相変わらず君は行動力があるな」

「そりゃあ情報はなんであれ、貪欲《どんよく》に求めておく方が良いだろう？　だが、噂だけを鵜呑《うの》みにするわけにはいかない。真偽のほどは自分の目で確かめないとね！」

「ははは、有り難い忠告として受け取っておくよ」

それに、と情報通《つう》だと思われる団員が愉快そうに目を細めた。

「別の筋からの情報だと、魔女様の名前はリン、というらしい。気付く事はないか？」

「リン？　そういえば最近、ライフォード様と黒の聖女様がリンの料理は美味しいと言っているのを耳にした事があるが……まさか」

「んふふ、これはやはり、俺も行ってみるしかないな！」

「なんだか私も気になってきた」

「オーケイ。変装の手順からレクチャーしてあげよう！」

「お手柔らかにな」

リン。リン。

聞き覚えのある名前に、有栖は首を傾げた。

最近耳にした記憶がある。どこだっただろう。男たちがライフォードや黒の聖女の名前を同時に出した事から、彼らの口から発せられた可能性が高い。

そもそもリンって。全く西洋風の名前ではない。

むしろ日本的な――。

そこで有栖はハッとした。

ジークフリードに守られていた、聖女召喚に巻き込まれたとされる女。確か、彼女の名前が凛だったはず。まさか、とは思うが。

――わたしより活躍してるっていうの？　ただ巻き込まれただけのくせに？

「……それから例の件だが」

「ああ。貯蔵庫の薬瓶を割った犯人。確かに実行犯はアイツなのかもしれないが、どう考えたって黒幕がいるはずだ。様子がおかしすぎる」

黒幕。その言葉に有栖の肩が震える。

「真犯人がいるのなら、炙《あぶ》り出さないとなぁ」

「我々騎士団に喧嘩を売ったんだ。手を抜いてやるつもりはないさ」

魔女の話とは一転、不敵に笑って通り過ぎていく二人。

あのライフォード率《ひき》いる第一騎士団の団員。彼らは全員が貴族であり、発言力も家柄も申し分ない若者たちで構成されている。

敵に回すには、あまりにも危険すぎる。そんな事くらい、有栖にだって分かっていた。

彼女は彼らが完全に見えなくなったのを確認すると、のろのろと茂みから這い出る。

「だい、じょうぶ、よね？　わたしのせいじゃないよね……？　ただ願っただけで、そんなこと起きるはずが……」

有栖は首にかけていた石を両手で摘まみ、ぐっと力を込める。しかし石は何も答えてはくれない。

当たり前だ。口なんてないのだから、話せるわけがない。

「こんなの、わたしが関係しているわけないじゃん！　心配しなくても良いのに……」

ぽたり、ぽたり、とゆっくりとだが着実に、有栖の中に不安が溜まっていく。一度開いてしまった蛇口は止まらない。元に戻そうにも戻し方が分からない。

――これからずっと、怯《おび》えなくちゃならないっていうの？

「全然予定と違う！　もぉ、どうしてこんな事になるのよぉ……!!」

有栖は力なく地面にへたり込んだ。

＊　＊　＊　＊　＊　＊　＊

「ねぇ、マル君。僕なりに考えてみたんだけどさ」

日はもう沈み、閉店時間まで間もなくといったところ。

ハロルドはカウンター席でくつろいでいるマルコシアスの隣に腰掛けると、ちょいちょいと肩を叩いた。

遠くのテーブル席では、リンとジークフリードが料理を肴《さかな》に会話を楽しんでいる。今日のお客は彼で最後だろう。ならばもう少しくらい、店を開けておいても良い。

こうやってのんびりとした空間に浸れる事こそ、何よりの幸せなのだから。

「何がだ?」

「魔物が弱くなっている理由。君のような魔族が外に出てきた事と関係があったりする?」

ハロルドの問いかけに、マルコシアスは眉一つ動かすことなく小さく鼻を鳴らした。いつもながら感情の読めない男だ。

正解か不正解くらい、答えてくれても良いだろうに。

マルコシアスの瞳が、ハロルドを捉えている。続きを聞いてやる、という事か。

仕方がない、とため息をついてハロルドは口を開く。

「魔族はお伽噺《とぎばなし》の存在だった。それが現実として僕の目の前にいる。なら、もう一つの存在も、物語の存在ではないって事だろう?」

「ほぅ? つまり?」

「魔王」

一瞬。ピクリと瞳が見開かれたのをハロルドは見逃さなかった。

最初は馬鹿馬鹿しいと思っていたが、この仮説、あながち間違いではないのかもしれない。ゴミ山にもお宝は眠っているもの。捨てるには惜しいと考え、とりあえずぶつけてみたのだが、想像以上に良い反応を貰えた。

ハロルドはこの仮説をもとに、驚くべきスピードで点と点とを繋ぎ合わせていく。

「君たちが魔王を管理できるのなら、おそらく魔族が歴史の影になって追いやられる事はなかったはずだ。つまり、魔王はどちらかというと人間の方に関わりがある。でもって、今まで表に出なかったのは――」

ハロルドは一度口をつぐんだ。

それは町の食堂にはあまりにも似つかわしくない話題だったからだ。

「人間は時に魔族よりも非情になれる、か」

「頭のいい男だな。お前は。まったく、可愛げのない」

ようやく口を開いたマルコシアス。

彼の言葉はイエスでもノーでもない、ただの称賛のみ。相変わらず表情からは何も汲《く》み取れないが、回答などその言葉だけで十分だった。

答えは得た。

ハロルドはしばし目を瞑《つむ》り、ため息と共に瞼を開く。

「どうして今回に限って魔王が生き延びたかは分からないけど、そのおかげで君たちは表に出られることになったし、魔物も弱っているって事かな？」

「答えを知ってどうする？」

「どうもしないさ。僕は、僕や僕の周りの人間に危害が及ぶようなら全力で排除するけど、そうでないならどうでも良いからね。静かに暮らしているのなら、それに越した事はないんじゃない？」

「なら、答えなど必要ないだろう」

「もぉ、いじわる」

ぷぅ、と頬を膨らませれば、マルコシアスの指が物凄い勢いで彼の頬を突き刺した。当然、口から空気が洩れて「ぶふぅぉ」という間抜けな声を出す羽目になる。

なんてことをするのだ、この男は。

悪戯《いたずら》っぽく笑うマルコシアスの背中を、抗議の意味を込めてバシバシと叩く。しかし彼はまったく答えていない様子で、ははは、と愉快そうに笑った。

攻撃魔法でもぶっ放してやろうかこいつ——なんて物騒な考えが脳裏に浮かんだハロルドだったが、視界の端にリンとジークフリードの姿が映ったのでやめた。

あの空間を邪魔する気にはなれない。

「まぁ、今はそれでもいいよ。ただし、何か問題がおきるなら——」

言いかけて、彼は首を振った。

何かなんて起こさせない。自分にはそれだけの力がある。それに、今あるこの場所を守るためなら、使えるものはなんだって使ってやる。

ハロルドは目を細めて、マルコシアスを見た。

「僕の本気は凄いんだからねー」

「そりゃ怖い」

リンとジークフリードの声が、店内には響いている。

お互いがお互いしか目に入っていないのか、こちらの様子など気にも留めていない。まったく、幻覚でお花畑が見えそうだ。

でもまぁ、彼らが幸せそうなら、それでいい。

「やはり報われないな」

「だからそういうのじゃないってば。馬鹿なこと言わないでよ」

ハロルドはマルコシアスの肩にだらりと頭を預け「これでいいのさ」と笑った。

番外編　ハロルドが第二騎士団団長をしていた頃の話

現第二騎士団長、アデル・マグドネル。

彼は青みがかった黒髪に、大きなミントブルーの瞳が印象的な青年だ。

二十代は越えているが、それを感じさせないほど幼い容姿をしている。

そのせいでからかわれる事も多かったが、団長に就任してからは軽口をたたいてくる人間は減ったように思う。

これは、彼が第二騎士団の副団長だった時の話である。


「なぁ、アデル。お前はどの団長派？」

「あのな……」

男の問いに、アデルはふん、と鼻を鳴らして顔を逸らす。

自分は副団長。彼は同期とはいえ部下だ。気安すぎないか、と常々思っているのだが、何度言っても直らないので、最近は注意するのも面倒になっていた。

「まぁまぁ、副団長になったんだし？　うちの副団長様は誰派かなぁって」

「誰派、だって？　実質どっち派、だろ。その質問」

完璧な王子様に見えて、その実、規律を重視する真面目《まじめ》で威厳のある第一騎士団団長ライフォード。朝帰りが多いという噂や、軽率そうな雰囲気はあるものの、優しくて団員を大切にする第三騎士団団長ジークフリード。

彼らは人気があり、どの団長派か、なんて話題は騎士団の中でもたびたび話の種になっていた。それは第二騎士団でも例外ではない。

ただ、第二騎士団の場合、他の団とは違って自分たちの団長を挙げる人間はほぼ皆無であった。それもそのはず。

だらしなく肥《こ》え太った身体に、自由奔放すぎる性格。騎士団の仕事より自らの研究を優先する姿勢。どれをとっても尊敬とは程遠い人物だ。

「ライフォード様でもジークフリード様でも、どっちでも大差ないだろ。あの二人の場合、自分の性格とか、そういうのでどっち派かガラリと変わる。好みの問題だ。でも――」

顔をしかめて、男を見る。

「身体も性格もふてぶてしいうちの団長だけはない。絶対にね」

アデルは思っていた。

魔法の腕と自分を副団長に任命した事だけは認めるけど、まぁ、オレは優秀だからオレを副団長に任命しないわけがない。こんなの当たり前であって、尊敬も感謝もしない。魔法の腕だってすぐに抜かしてやる、と。

なので数日後「今、ちょっと僕忙しいから、団の事はお前に任せるよ。ただ、面倒そうな案件があったら僕に相談する事。いいね？」というハロルドの話に、アデルは自信満々に「ええ。任せてください」と頷いたのだった。

彼に相談する事など何もない。どんな案件であろうと、自分がいれば何事も上手《うま》くいく。むしろ団長より上手くやってみせる。

アデルは慢心していた。団長の役目など容易《たやす》いと。

——ああ。だからこれは、全部オレが悪いんだ。

ある日、団長代理として、上からマーナガルムの森の調査を命じられた。

ハロルドの言いつけを守るのなら、彼に相談して向かうべきだったのだが、アデルはそれをしなかった。

彼に相談しても意味がないと思っていたからだ。

あのちゃらんぽらんを連れていったとしても、森を破壊する事くらいしか役に立たないはず。だったら、相談する意味などない、と。

更に彼は、手柄を欲張って最奥の結界内に入ってしまった。

最奥は、星獣マーナガルムに配慮してあまり調査が進んでおらず、新たな事実を持ち帰る事が出来れば周囲から認められる、と考えたのだ。

あの面倒事しか運んでこない団長に替わって、自分が団長になれるかもしれない。そんな打算もあったのだろう。

彼の魔法の腕は一級品だった。

ゆえの慢心だ。

しかし彼には圧倒的に経験が足りなかった。

魔物とは、ただ単に攻撃性があるだけではない。相手を行動不能にしてじわじわいたぶる性質のものもいると、彼は知らなかったのだ。

全身がびりびりと痺《しび》れるような感覚。

指を一つ動かすことすら億劫《おっくう》なほど、身体の自由がきかない。自分の浅はかさに泣きたくなった。

でも泣いている余裕なんてない。

——オレがなんとかしないと。オレの独断でこんな事になった。オレのせいなんだから、オレが
……オレが、皆を守らなければ。

第二騎士団の面々は、アデル以外全て昏倒《こんとう》させられている。

彼は霞む視界の中、目の前の魔物を睨みつけた。

自分の身を犠牲にしてでも、団員たちを守りきる。それが、最低限のけじめだ。

しかしアデルが覚悟を決めたその瞬間、目の前の地面が淡く輝き出した。

まるで文字を書くように地面に浮かび上がっていくのは魔法陣。

「これは……転移……魔法陣？　……まさか、だん、ちょう？」

ふわりと風が舞って、魔法陣の中から男性が現れる。

緑を基調にした、第二騎士団の騎士服。マントをはためかせ、男性は黄金色の瞳をすりと細める。

「全く、魔法陣を設置していない場所だと魔力けっこう持っていかれるんだよね。まぁ、僕からしたら微々たるものだけど。しっかしさすが僕。目算だったけど、良い場所に出るじゃん。完璧完璧！」

「え？」

おかしい。

あの騎士服の着用を認められているのは、各団の団長のみだ。第二騎士団の団長はハロルド・ヒューイット。ボールみたいな体型をしている、肥満気味の男のはずだ。

だが目の前にいるのは、すらりとした体躯《たいく》の美青年だった。

つかみどころない雰囲気だけは似ている気がしなくもないが、それ以外は全くの別人である。

彼は誰だ。

「大方、ヘルナー辺りを真っ先に潰されたんだろう？　状態異常系はあいつの特技だし」

「だ、誰……？」

「ああ、急いでたから幻術かけ忘れたかな。……まぁ、良い。アデル、お前は僕の副官だからね。知っておいても良いだろう」

「どう……いう？」

まだ分からないの、と青年がアデルの方を向いた。

それは魔物に背後を晒《さら》す行為だ。

「あぶなっ」

アデルが声をあげる前に、魔物の攻勢が始まる。

しかし、目の前の青年は特に慌てる様子もなく、次々と魔法陣を構築し、寸分の狂いなく全ての攻撃を弾き返していた。

それも、後ろを向いたまま。

類稀《たぐいまれ》なる魔法の才能。こんなことが出来る人間を、アデルは一人しか知らない。

「はろるど、だんちょう?」

「他に誰がいるっていうんだよ」

ははは、と軽快に笑うハロルド。

彼に頼っても意味はない――そう考えていた己を思い出し、羞恥《しゅうち》でぶわりと頬が熱くなる。ハロルドの顔を直視できなくて、歯を食いしばりながら俯いた。

魔物と対峙《たいじ》するのが怖い。何をしているんだと叱咤《しった》されるのが怖い。彼がいなければ壊滅していた事実が怖い。

なにより、自分の未熟さが怖かった。

しかし、ハロルドは彼の顎をぐいと掴むと、無理やり上を向かせた。

「恐れるな。前を向け。大丈夫だ。ここには僕がいる。あんな魔物くらい、すぐに片付けてやる。

だから、ちゃんと前を向いて、よぉく見ておけ。全てがお前の糧《かて》になる」

黄金の瞳に吸い込まれるように、恐怖が掻き消える。

不敵に笑ったその顔は、今まで見た何よりも安心を与えてくれるものだった。

「ってことで。片手間に相手をして悪かったね。ここからは本気でいかせてもらおう。後悔する暇など与えない。一気に決めてあげるよ」

くるりと踊るように魔物へと向きを変えるハロルド。

「第二騎士団団長、ハロルド・ヒューイットの実力、とくとご覧あれ、ってね！」

ばさりとマントが跳ねた。

これが、自分たちを庇護《ひご》し育ててくれる団長の背中。

彼の背がこれほど逞《たくま》しいものだったと、アデルは初めて知った。


「――っと、よしよし。これで全員異常状態から回復したかな」

有言実行とはよくいったもので、ハロルドは宣言通り魔物を一瞬で消し飛ばした。そして地面に転がる団員たちの異常状態解除までテキパキと終わらせてしまった。

様々な魔法適性があるとは知っていたが、本当になんでもできるのかこの人は。

どうせ広く浅く、一つの魔法も極められていないと高《たか》を括《くく》っていたが、改めなければならないかもしれない。攻撃魔法をぽんぽんぶっ放す姿しか知らなかったので、侮っていた。

「ハロルド団長、オレ……」

「なぜ僕に断りもなく団を動かしたのか。そしてこの有様はなんだ。――いろいろ言いたい事はあるけど、今はやめておく。お前も反省はしているんだろう？　手遅れにならなくて良かったよ」

「すみ、ません……」

唇を噛んで俯くと、ハロルドはぽんぽんとアデルの頭を撫でた。

「自信はなくすなよ」

「え？」

「自信はなくすな。こんなの、対策さえ練ればどうとでもなる。お前はまだ経験不足だからね。失敗の一つや二つして当然だよ。それを補助するのも団長の役目だし？　でも、自信だけはなくすな。なんてたって、この天才魔導騎士ハロルド・ヒューイットが副官に選んだんだよ？　僕は、お前のその根拠のない自信、けっこう気に入ってるからさ」

ぱちん、と片目を閉じて彼は立ち上がった。

「じゃ、僕は一足早く王都に戻るよ」

「で、でも」

「この場をまとめて帰ってくるのはお前の仕事だろ？　まぁ、通りがかりのイケメン魔導師に助けてもらいましたーっとでも言っておくといいよ」

彼の足元が輝き始める。

手柄、なんて彼にはどうでも良いのだ。副団長の独断専行を察し、窮地に駆け付け皆を守った団長。その事実を知れば、団員は彼を見直すだろう。

ただ、アデルの評判が落ちるだけ。

意図して配慮してくれたのか。はたまた、面倒だったから後始末を押し付けられたのか。

「ははっ、敵《かな》わないなぁ。もう」

アデルは周囲に土魔法で結界を張り、団員が目覚めてから急いで森の調査を終えた。

＊　＊　＊　＊　＊　＊

「あ、そういえば、まだ聞いてなかった。アデルは結局どっち派なんだよ。ライフォード団長派？　ジークフリード団長派？」

ある日の昼下がり。

またもや同期の男がアデルに質問してきた。前回の時はどちらも選べず答えを濁したが、今ならば即答できる。

アデルは胸を張って、ふふん、と不敵に微笑んだ。

「僕は断然、ハロルド団長派。彼に選ばれた副官として、当然だろ？」

「え。でもお前、ハロルド団長だけはないって。あれ？　ってか、あの人のどこが……」

「お前、まだまだだね。第二騎士団っていう自覚が足りてないんじゃないの？」

頭に大量のハテナマークを浮かべている男を尻目に、アデルは歩き出した。

「アデル、どこ行くんだよ?」

「決まってるだろ。ハロルド団長のとこだよ」

「え?　でもあの人、さっきからライフォード様が探してるって言ってたけど。どこにいるのか分かるのか?」

アデルはもちろん、と頷いた。

ハロルドの行きそうな場所は全てリサーチ済み。時間帯で細かく分けて分析しているので、今現在どこにいるかなど手に取るように分かる。

イレギュラーな出来事でもない限り、彼を見つける事は、副官であるアデルにとっては朝飯前となっていた。

「団長の居場所も分からないようじゃ、副官失格だからな!」

「お前、変わったよな」

「優秀になったと言えよ」

それじゃ、と男に別れを告げ、アデルはハロルドの下へ急ぐのだった。

薬草茶を作ります
～お腹がすいたらスープもどうぞ～

著：遊森謡子《ゆもりうたこ》　イラスト：漣《さざなみ》ミサ

「女だってバレなかったよ」

とある事情から王都ではレイと名乗り“男の子”として過ごし、薬学校を卒業したレイゼル。

その後彼女は、故郷で念願の薬草茶のお店を始め、薬草茶と時々スープを作りながら、のどかな田舎暮らしを送っていた。

そんなある日、王都から知り合いの軍人が村の警備隊長として派遣されてくることに。

彼は消えた少年・レイを探しているようで…？

王都から帰ってきた店主さんの、のんびり昼寝付きカントリーライフ・第1巻登場！

ArianRose
アリアンローズ

詳しくはアリアンローズ公式サイト http://arianrose.jp

アリアンローズ　検索

まきこまれ料理番の異世界ごはん 2

*本作は「小説家になろう」（https://syosetu.com/）に掲載されていた作品を、大幅に加筆修正したものとなります。
*この作品はフィクションです。実在の人物・団体・事件・地名・名称等とは一切関係ありません。

2020年3月20日　第一刷発行

著者 …… 朝霧あさき

イラスト …… くにみつ
発行者 …… 辻 政英
発行所 …… 株式会社フロンティアワークス
〒170-0013　東京都豊島区東池袋3-22-17
東池袋セントラルプレイス5F
営業　TEL 03-5957-1030　FAX 03-5957-1533
アリアンローズ公式サイト　http://arianrose.jp
フォーマットデザイン …… ウエダデザイン室
装丁デザイン …… 鈴木 勉（BELL'S GRAPHICS）
印刷所 …… シナノ書籍印刷株式会社